高职国家示范专业规划教材·物流管理专业

国际货运代理业务流程设计实训手册

王艳 李作聚 主编

清华大学出版社
北京

内 容 简 介

本书是《国际货运代理业务流程设计》教材的配套手册,采用项目导向、任务驱动的编写形式,介绍了国际货运代理企业所涉及的核心业务活动,包括出口订舱、出口货物报关、出口货物报检、货物运输保险、海运杂货班轮货运出口、海运集装箱整箱货进出口、海运集装箱拼箱货运、航空进出口货物货运和航空公司出港货运等业务活动。

本书可作为高职院校物流管理专业及其相关专业的教材,也可作为国际货运、物流管理、国际贸易、国际航运等相关行业经营管理干部和实际业务人员的培训教材。

图书在版编目(CIP)数据

国际货运代理业务流程设计实训手册/王艳,李作聚编著 . —北京:清华大学出版社,2011.11

(高职国家示范专业规划教材. 物流管理专业)

ISBN 978-7-302-27168-0

Ⅰ. ①国… Ⅱ. ①王… ②李… Ⅲ. ①国际货运-货运代理-高等职业教育-教材 Ⅳ. ①F511.41

中国版本图书馆 CIP 数据核字(2011)第 212174 号

责任编辑:帅志清
责任校对:袁 芳
责任印制:何 芊

出版发行: 清华大学出版社		**地 址:** 北京清华大学学研大厦 A 座	
http://www.tup.com.cn		**邮 编:** 100084	
社 总 机: 010-62770175		**邮 购:** 010-62786544	

投稿与读者服务:010-62776969,c-service@tup.tsinghua.edu.cn

质 量 反 馈:010-62772015,zhiliang@tup.tsinghua.edu.cn

印 装 者:北京市清华园胶印厂

经 销:全国新华书店

开 本:185×260 **印 张:**8.75 **字 数:**192 千字

版 次:2011 年 11 月第 1 版 **印 次:**2011 年 11 月第 1 次印刷

印 数:1~3000

定 价:16.00 元

产品编号:036419-01

近年来,我国高等职业教育蓬勃发展,高等职业教育的规模进一步扩大,服务经济社会的能力有了较大提高,为现代化建设培养了大量高素质技能型专门人才,为高等教育大众化作出了重要贡献。同时,丰富了高等教育的体系结构,形成了高等职业教育的体系框架,也顺应了人民群众接受高等教育的强烈需求。

《教育部关于全面提高高等职业教育教学质量的若干意见》(以下简称《意见》)明确指出:课程建设与改革是提高教学质量的核心,也是教学改革的重点和难点。高等职业院校要积极与行业企业合作开发课程,根据技术领域和职业岗位(群)的任职要求,参照相关的职业资格标准,改革课程体系和教学内容,建立突出职业能力培养的课程标准,规范课程教学的基本要求,提高课程教学质量。同时,《意见》指出,课程建设要改革教学方法和手段,融教、学、做为一体,强化学生能力的培养。加强教材建设,与行业企业共同开发紧密结合生产实际的实训教材。

北京财贸职业学院作为国家示范院校,物流管理专业作为国家示范专业,坚持以就业为导向,以提高学生综合职业能力为主线,通过校企合作,重点开发了"仓储配送中心布局与管理"、"运输配送路线优化"、"国际货运代理业务流程设计"、"物流管理信息系统"、"网络营销"和"网络设计与实施"等优质核心课程。

课程的开发采取了企业调研、岗位访谈、熟悉企业业务流程和工作标准、与企业管理者座谈等形式,结合不同企业类型的特点,总结出岗位典型的工作任务,通过项目的形式,按照实施的步骤,将具体的知识与技能要点体现出来,实现在工作中提高技能,在技能提高中学习知识,真正体现"工学结合"。

为了更好地突出技能的培养,我们还专门开发了相关核心课程的实训手册,这些手册是真正的技能训练、真正的工学结合课程的操作手册。通过此实训手册的训练,学生可以完全胜任物流企业基层领班人岗位的工作。

参与本套系列教材编写的团队中有教授、博士等,更有来自企业的管理者、一线专家,可以说本套教材是全体编写团队集体智慧的结晶,十分感谢他们的无私奉献。

王茹芹

2010 年 8 月

随着社会和经济的发展，特别是在新经济和现代科学技术以及管理水平蓬勃发展的今天，国际货运代理作为一个传统的行业，其经营活动和企业的本质已经发生了深刻的变化。国际货运代理企业在继承传统代理业务的基础上，正在按照全球经济一体化和现代物流管理的要求，以最大限度满足客户的需求和提高社会效益，实现企业综合竞争力和效益为目标，在企业结构、制度、经营模式、管理方法与手段等方面进行着适应性变革。

国际货运代理作为国际贸易的派生行业，在国际贸易运输中具有极其重要的地位和独特的作用。国际货运代理尽管具有操作性和实务性的特点，然而它作为一门学科，还具有很强的系统性和明显的边缘性的特点。该学科不仅需要国际贸易、国际航运、商品与运输等相关知识，还需要经济、法律、管理、人文、地理等基础理论和熟练的技能与现代科学技术作为支撑。

本书突破了过去就业务讲业务、就业务写业务的结构与模式，把业务与企业经营、管理紧密、有机地联系起来，体现了现代企业经济活动中经营与业务、业务与管理不可分割的基本特点与要求，为货运代理行业人力资源的培训提供了很好的理论基础与知识框架，对从事国际货运及相关行业的企业及其从业人员也是有益的借鉴。

本书由王艳、李作聚主编，王艳负责统稿。其中，李作聚、文福杰负责任务一、任务二、任务三和任务七的编写，王艳、陈煜负责任务四、任务六、任务九、任务十和任务十一的编写，吕祝芳负责任务五和任务八的编写。鉴于本书编者的水平所限，书中难免存在不当之处，欢迎广大读者批评指正。

编　者

2011 年 1 月

目　录

任务一
出口订舱实训

▲ **实训目标**

    (1) 熟悉出口订舱基本流程；

    (2) 填写订舱委托书；

    (3) 选择集装箱，确定运费。

▲ **情景设置**

    在一次服装出口交易中，买卖双方已签订交易合同后，就要开始履行合同中的约定条款。租船订舱的第一件事就是填写订舱委托书。现在以下列货物信息为基础来进行具体操作。

    货物：礼服

    毛重：3240kg

    纸箱体积：1m×0.5m×0.3m

    箱数：170 箱

    本任务的重点在于货运代理操作员能够准确地填写订舱委托书来委托订舱，并完成运输任务。难点在于通过选择集装箱和确认运费来填写订舱委托书，委托船方工作人员负责船运代理订舱。参考信息如下。

    当地费用如表 1-1 所示。

表 1-1　当地参考费用

项　　目	20 尺柜/元	40 尺柜/元	项　　目	20 尺柜/元	40 尺柜/元
港杂	185	310	安保	20	30
码头操作费	475	750	文件	150	150
舱单传输	20	20			

注：集装箱的有效尺寸如下。

20 尺柜：内容积为 5.69m×2.13m×2.18m；

　　　　配货毛重一般为 17.5t,理论体积为 26m³。

40 尺柜：内容积为 11.8m×2.13m×2.18m；

　　　　配货毛重一般为 22t,理论体积为 54m³。

▲ 实训地点

物流实训室

▲ 实训步骤

第一步　发放工作任务书

工作任务书主要包括任务目标、任务描述和工作成果等内容,如表 1-2 所示。

表 1-2　出口订舱工作任务书

工作任务				总学时	
班级		组长		组员	
任务目标					
任务描述					
相关资料及资源					
工作成果					
注意事项					

第二步　任务分配

对任务进行分解,并根据任务目标,对学生进行任务分配,具体如表 1-3 所示。

表 1-3　出口订舱任务分配表

任务分解	学生角色分配
选择集装箱	作业组共＿＿＿＿＿＿＿人,其中: 货运代理操作员＿＿＿＿＿＿＿人: 船运代理业务员＿＿＿＿＿＿＿人: 其他:
确定运费	作业组共＿＿＿＿＿＿＿人,其中: 货运代理操作员＿＿＿＿＿＿＿人: 船运代理业务员＿＿＿＿＿＿＿人: 软件操作人员＿＿＿＿＿＿＿人: 其他:
填写订舱委托书	作业组共＿＿＿＿＿＿＿人,其中: 单据处理人员＿＿＿＿＿＿＿人: 软件操作人员＿＿＿＿＿＿＿人: 其他:
交单收班	作业组共＿＿＿＿＿＿＿人,其中: 单据处理人员＿＿＿＿＿＿＿人: 船运代理业务员＿＿＿＿＿＿＿人: 其他:

第三步　任务说明

根据任务分配表,具体说明如下。

任务 1.1:选择集装箱

1. 确定集装箱属性

在选择集装箱时有两个因素十分重要,一个是尺寸,一个是限重。尺寸主要是考虑集装箱的内侧尺寸和装箱货物的总尺寸是否匹配。限重包括航线限重和箱体限重,航线限重是比较灵活的,整条船的装载限度一定,根据船运的淡、旺季来区分航线限重。而箱体本身的限重是确定的。

2. 确定所选集装箱

根据以上分析的集装箱尺寸和集装箱限重,结合航线限重和箱体限重确定所选集装箱。通过计算货物总体积,结合集装箱限重和尺寸确定所需集装箱。

假设货物的外包装体积为 $1m×0.5m×0.3m＝0.15m^3$,运输总数量为 170 箱,最后所得数据为 $0.15m^3×170＝25.5m^3$。选择 20 尺柜的集装箱正合适。

任务 1.2:确定运费

1. 收集船公司信息

船运代理业务员必须掌握两方面信息,一方面是货主情况,另一方面是通过搜集得到的各个船公司的相关信息。通过比较分析,业务员选出运价最低的船公司,并根据运送这批礼服的具体时间和集装箱规格给货运代理报价。

2. 确定运费

$$总运费 = 运价 + 当地费用$$
$$单位商品运价 = 基本运费 + 附加费$$

基本运费是根据基本运费和计费吨计算得出的。最后得出的运费如下：

毛重为 3240kg，尺码为 $0.15m^3 \times 170 = 25.5m^3$；

毛重＜尺码吨，通常选择大者计收。

关于附加费，可以分为多种情况，首先当船要进港时，先要请港务局将船引到港里，由此产生了引渡费；同时因为不同国家之间的货币兑换结算不同，会有货币贬值等一系列问题的出现，于是世界航运协会每个季度都要协商一次，从而对港口附加费等做出很明确的指示。

任务 1.3：填写订舱委托书（下货纸）

当确定集装箱和运费以后，就要开始填写"订舱委托书"。具体操作流程是：由货运代理业务员填制订舱委托书，然后传真给船运代理业务员委托其订舱。

填写订舱单应注意以下几个方面。

（1）目的港：名称应明确具体，并与信用证描述一致。如有同名港时，应在港口名称后注明国家、地区或州、城市。如信用证规定目的港为选择港（Optional Ports），则应是同一航线上的，同一航次挂靠的基本港。

（2）运输编号（即委托书的编号）：每个具有进出口权的托运人都有一个托运代号（通常也是商业发票号），以便核查和财务结算。

（3）货物名称：应根据货物的实际名称，用中、英文两种文字填写货物名称，更重要的是要与信用证所列货名相符。

（4）标记及号码：又称唛头（Shipping Mark），其作用是为了便于识别货物，防止错发货。标记及号码通常由型号、收货单位简称、目的港、件数或批号等组成。

（5）重量尺码：重量的单位为 kg，尺码为 m^3。

（6）货物的具体描述：托盘货要分别注明盘的重量、尺码和货物本身的重量；尺码、对超长、超重、超高货物，应提供每一件货物的详细体积（长、宽、高）以及每一件货物的重量，以便货运公司计算货物积载因素，安排特殊的装货设备。

（7）运费付款方式：一般有运费预付（Freight Prepaid）和运费到付（Freight Collect）两种。有的转运货物，如需一程运输费预付，二程运费到付，要分别注明。

（8）可否转船：分批以及装期、效期等均应按信用证或合同要求一一注明。

（9）通知人：收货人按需要决定是否填写通知人。

（10）有关的运输条款：订舱，配载信用证或客户有特殊要求的也要一一列明。

发货人一般应在装运前 10 天制好出口货物订舱单或明细单，送交承运公司办理托运手续。其主要内容及缮制要求如下。

（1）经营单位或发货人（Shipper）：一般为出口商。

（2）收货人（Consignee）：以信用证或合同的要求为准，可以填"TO ORDER"、"TO ORDER OF ××"、"××CO."或"TO BEARER"等，一般以前两种使用较多。

（3）通知人（Notify）：以信用证要求为准，必须有公司名称和详细地址。

（4）分批装运（Partial Shipment）和转运（Transhipment）：要明确表示是否可以分批和转运。

（5）运费（Freight）：应注明是"运费预付（Freight Prepaid）"还是"运费到付（Freight Collect）"。

（6）装运日期（Shipping Date）：按信用证或合同规定的装运期填写。

（7）货物描述及包装（Description of Goods，No. s of Packages）：填写商品的大类名称及外包装的种类和数量。

（8）总毛重、总净重及总体积（Total Gross Weight、Net Weight、Measurement）：按实际填写。

订舱单样单见表1-4。

表 1-4　订舱单样单

Shipper(Full Name & Address)（订舱托运人） TEL：　　FAX：　　联系人：			×××国际货运代理有限公司 手机： Tel：	
Consignee(收货人)： (FOB 订舱必须填写)			Fax： 操作：　　Tel： 　　　　Fax：	
Notify Party（通知人）：			Freight & Charges(运费与附加费) □ PREPAID　　□ COLLECT 　运费预付　　　运费到付	
Carrier(航班)：	From（Airport of departure) 起运地：		Type of Service Required □IATA（Direct）　□Consdlldalan　□Charter	
To(Air of destination) 目的地：	Airline Counter-Signature 航空公司加签 □ YES　　□ NO		Export licence No： 许可证号	C. O. NO： 原产地证
Country of origin 来源地	Shipper's C. O. D. 代收金额	Insurance amount 保险金额	Declared value for carriage 运输金额	Declared value of customs 报关金额
Marks & Nos： （唛头）	Number and Kind of Packages & Description of Goods （件数及包装种类与货名）		Gross Weight (Kilos)毛重（千克）	Measurement (CBM) 尺码（立方米）
SPECIAL REQUIRMENTS(特殊事项) 			ABOVE DETAILS DECLARED BY SHIPPER （以上内容由托运人提供）	
订舱时请在委托书上写明美元、人民币、运价并盖章，多谢合作！				
Documents to accompany airwaybill or house airwaybill 随附单据文件 Packing List 装箱单□　Commercial Invoice 发票□　Certificate of Origin 原产地证书□ Others 其他□				
附加条款及注意事项	1. 此航空货运单上所填货物品名和货物运输声明价值与实际交运货物品名和货物实际价值完全一致，并对所填航空货运单和所提供的与运输有关文件的真实性和准确性负责。 2. 货物经订舱后，由于订舱单填写错误或资料不全，或托运人的其他原因造成的货物不能及时出运，运错目的地，运单错误不能提货等而产生的一切责任、风险和费用概由托运人承担。 3. 如货物在运输途中被罚没或其他原因而退运、放弃、拒收，托运人均保证支付运费（包括在目的地发生的费用）。 4. 托运人填报本订舱单，即表示已接受以上附加条款。		订舱/付货人盖章/签字： 日期： 订舱审核： 签字：	

任务 1.4：交单收班

（1）单据交接完毕。

（2）收工下班。

在完成所有整理、交接工作后，方可收工下班。

第四步　教师演示

演示 1.1：教师演示选择集装箱过程。

演示 1.2：教师演示确定运费过程。

演示 1.3：教师演示填写订舱委托书过程。

演示 1.4：教师演示交单收班过程。

第五步　学生执行任务

学生分组轮训，模拟各成员岗位，练习出口订舱处理。

执行任务 1.1：

（1）计算货物外包装体积。

（2）计算货物外包装体积×箱数。

（3）比较集装箱尺寸与步骤（2）中结果，确定集装箱。

执行任务 1.2：

（1）明确货物具体时间和集装箱规格，给货运代理报价。

（2）计算总运费。

（3）计算单位商品运价。

（4）计算附加费。

过 程 指 导

　　附加费的征收是很灵活的。附加费包括燃油附加费（BAF）、货币贬值附加费（CAF）、中转附加费（TS）、港口拥挤附加费（PCS）、全面涨价（GRI）、紧急燃油附加费（EBS）、拖车费（CHS）、美线燃油附加费（BSC）等。

执行任务 1.3：

（1）集装箱和运费确定以后，由货运代理业务员填制订舱委托书。

（2）委托船运代理业务员订舱。

执行任务 1.4：完成交单收班。

过 程 指 导

1. 确保正确填制订舱委托书。

2. 确保单据齐全并准确交接。

3. 关于下货纸

装货单(Shipping Order)俗称下货纸,是由船公司或其代理人在接受托运人提出的托运申请后,向托运人签发的,凭以命令船长收货装运的凭据。

下货纸共有八联。

第一联:做舱单;

第二联:财务做运费(不常用);

第三联:货主留底;

第四联:场站收据副本,需盖签单章,作业区留底,用于查验;

第五联:场站收据副本,凭此进行理货配载;

第六联:场站收据副本,作业区留存;

第七联:海关副本,作业区反馈于海关;

第八联:港口费收结算联,用于计费。

▲ 成果展示

根据出口订舱处理任务,学生展示出口订舱结果,并提交相关单据。

▲ 实训评价

学生通过和老师进行专业交谈,思考哪些由于操作失误造成的缺陷应重新处理,以后如何避免这些问题。

老师对任务以及学生的实训结果进行评分,同时将评分结果记录到实训考核评价表中,如表1-5所示。

表1-5 出口订舱实训考核评价表

考核要素	评价标准	分值/分	评分/分		
			自评(20%)	小组(30%)	教师(50%)
出口订舱实训	集装箱选择正确	20			
	运费确定得当	20			
	单据齐全,填写规范	20			
	整个操作熟练、有序	20			
	实训手册填写规范全面	20			
	评价人签名				
	合 计				
评语					

教师:
　　　　年　月　日

▲ 技能拓展训练

【训练】 出口订舱综合训练

（1）训练目标

① 熟悉出口订舱流程。

② 掌握出口订舱技能。

（2）训练要求

① 结合出口订舱实际，分组设定出口订舱情景，形成具体任务，并完成。

② 结合以上情景，分组进行描述，并提交实训报告。

（3）训练内容

① 情景设置

请根据下列信用证及相关资料与货运代理签订订舱委托书。

```
ISSUE OF A DOCUMENTARY CREDIT
ISSUING BANK           : ASAHI BANK LTD.,TOKYO
SEQUENCE OF TOTAL      : 1/1
FORM OF DOC.CREDIT     : IRREVOCABLE
DOC. CREDIT NUMBER     : ABL-AN107
DATE OF ISSUE          : 20060405
EXPIRY                 : DATE 20060615 PLACE CHINA
APPLICANT              : ABC CORPORATION, OSAKA, JAPAN
BENEFICIARY            : GUANGDONG TEXTILES IMP. AND EXP.WOOLEN KNITWEARS COMPANY
                         LTD. 168 XIAOBEI ROAD,GUANGZHOU 510045, CHINA
AMOUNT                 : USD55,050.00
AVAILABLE WITH/BY      : ASAHI BANK LTD.,NEW YORK BRANCH BY NEGOTIATION
DRAFT AT               : DRAFT AT SIGHT FOR FULL INVOICE VALUE
DRAWEE                 : ASAHI BANK LTD.,TOKYO
PARTIAL SHIPMENT       : ALLOWED
TRAN SHIPMENT          : ALLOWED
LOADING IN CHARGE      : GUANGZHOU PORT
FOR TRANSPORT TO       : OSAKA,JAPAN
LATEST DATE OF SHIP    : 20060531
DESCRIPTION OF GOODS   : LADIES GARMENTS AS PER S/C NO. SH107
PACKING                :10PCS/CTN
```

ART NO.	QUANTITY	UNIT PRICE
STYLE NO. AH-04B	1000 PCS	USD5.50
STYLE NO. ROCOCO	1000 PCS	USD5.10
STYLE NO. BORODAO	1000 PCS	USD4.50
STYLE NO. FLORES	1500 PCS	USD4.80
STYLE NO.PILAR	1000 PCS	USD4.00
STYLE NO.ROMANTICO	500 PCS	USD8.00

```
PRICE TERM          : CIF OSAKA
DOCUMENT REQUIRED   : * 3/3 SET OF ORIGINAL CLEAN ON BOARD OCEAN BILL OF LADING
                      MADE OUT TO ORDER OF SHIPPER AND BLANK ENDORSED AND MARKED
                      "FREIGHT PREPAID" NOTIFY APPLICANT (WITH FULL NAME AND
                      ADDRESS)
                      * ORIGINAL SIGNED COMMERCIAL INVOICE IN 5 FOLD
                      * INSURANCE POLICY OR CERTIFICATE IN 2 FOLD ENDORSED IN
                      BLANK, FOR 110 PCT OF THE INVOICE VALUE COVERING THE
                      INSTITUTE CARGO CLAUSES CLAIMS TO BE PAYABLE IN JAPAN IN THE
                      CURRENCY OF THE DRAFTS
                      * CERTIFICATE OF ORIGIN GSP FORM A IN 1 ORIGINAL AND
                      1 COPY
                      * PACKING LIST IN 5 FOLD
ADDIYIONAL COND.    : 1. T.T REIMBURSEMENT IS PROHIBITED
                      2. THE GOODS TO BE PACKED IN EXPORT STRONG COLORED CARTONS
                      3. SHIPPING MARKS: ITOCHU OSAKA
NO.1～600
DETAILS OF CHARGES  : ALL BANKING CHARGES OUTSIDE JAPAN INCLUDING REIMBURSE-
                      MENT COMMISSION, ARE FOR ACCOUNT OF BENEFICIARY
PRESENTATION PERIOD : DOCUMENTS TO BE PRESENTED WITHIN 10 DAYS AFTER THE DATE OF
                      SHIPMENT,BUT WITHIN THE VALIDITY OF THE CREDIT
CONFIRMATION        : WITHOUT
INSTRUCTIONS        : THE NEGOTIATION BANK MUST FORWARD THE DRAFTS AND ALL
                      DOCUMENTS BY REGISTERED AIRMAIL DIRECT TO U.S. IN TWO
                      CONSECUTIVE LOTS, UPON RECEIPT OF THE DRAFTS AND
                      DOCUMENTSIN ORDER, WE WILL REMIT THE PROCEEDS AS INSTRUCTED
                      BY THE NEGOTIATING BANK
```

② 相关资料

发票号码	SH-25757	发票日期	APR.20,2003	FORM A号码	GZ8/27685/1007
单位毛重	15.40kg/CTN	单位净重	13.00kg/CTN	单位尺码	(60×20×50)cm/CTN
船名	DIEK335 V.007	原材料情况	完全自产品	集装箱号码	SOCU1285745/20' MAKU5879524/40'
提单号码	KFT2582588	提单日期	MAY 15,2003	保险单号码	PIC200178141

（4）过程评价

技能拓展训练过程评价表如表 1-6 所示。

表 1-6　出口订舱技能拓展训练过程评价表

技能拓展训练模块名称								
班级		姓名				组号		
过程评价（组内）			小结、展示与交流评价（组内、组间）					
60分	分值/分	自评/分	20分＋20分		分值/分	自评/分		互评/分
信息　信息获取	4		工作 小结	工作流程	5			
信息　任务分析	3			格式规范	3			
计划 决策　规划分工	3			言辞表达	4			
计划 决策　计划合理	4			思路清晰	4			
计划 决策　方案特色	3			小组特色	4			
计划 决策　积极参与	4							
实施　工作态度	3		成果 展示 交流	项目描述	2			
实施　协作精神	4			效果处理	2			
实施　工作文件	4			项目展示	3			
实施　工作质量	4			规划分工	2			
实施　问题解决	4			沟通交流	3			
实施　团队合作	4			应变能力	3			
检查　工作有序	4			接受批评	3			
检查　复杂程度	4			提出建议	2			
检查　合作意识	4		加分					
检查　完成情况	4							
合计			合计					
权重			权重					
总　计								
上课日期			指导教师签字					

（5）训练评价

本任务的考核评价如表 1-7 所示。

表 1-7　出口订舱操作能力评分表

考评组		时间		
考评内容	考　核　标　准	分值/分	实际得分/分	
出口订舱	出口订舱任务设定正确	30		
出口订舱	出口订舱处理合理	30		
出口订舱	出口订舱执行正确	40		
总分				
签字 （本组成员）				

任务二
出口货物报关操作实训

▲ 实训目标

    (1) 掌握一般进出口货物报关程序；

    (2) 熟悉报关代理操作流程；

    (3) 熟悉报关单的填制和使用。

▲ 情景设置

    A 公司是一家生产企业，其向国外某企业出售一批冷轧不锈钢带，委托 B 外贸公司代理出口，B 外贸公司委托 X 报关公司代理报关手续。

    此情景主要涉及经过报关代理委托、确定监管条件、准备报关单证、填制报关单申报数据、纸质申报、陪同查验、计算税费缴税、申请放行、放行提货、付汇核销等主要步骤。要求货运代理企业根据客户的要求和货物的信息，按照合理顺序，安排货物出口，办理通关手续。

▲ 实训地点

    物流实训室

▲ 实训步骤

第一步　发放工作任务书

    工作任务书主要包括任务目标、任务描述和工作成果等内容，如表 2-1 所示。

表 2-1　出口货物报关操作工作任务书

工作任务				总学时	
班级		组长		组员	
任务目标					
任务描述					
相关资料及资源					
工作成果					
注意事项					

第二步　任务分配

对任务进行分解,并根据任务目标,对学生进行任务分配,具体如表 2-2 所示。

表 2-2　出口货物报关操作任务分配表

任务分解	学生角色分配
单证准备阶段	作业组共_____人,其中: 出口货物发货人_____人: 报关员_____人: 检验检疫部门人员_____人: 预录入人员_____人: 其他:
电子申报阶段	作业组共_____人,其中: 报关员_____人: 审单中心人员_____人: 海关相关工作人员_____人: 其他:

续表

任务分解	学生角色分配
现场交单阶段	作业组共 _____ 人,其中: 报关员 _____ 人: 海关相关工作人员 _____ 人: 单证复核关员 _____ 人: 其他:
后续管理阶段	作业组共 _____ 人,其中: 报关员 _____ 人: 船运代理公司人员 _____ 人: 税务局相关工作人员 _____ 人: 其他:

第三步　任务说明

报关过程有前期阶段、进出境阶段和后续阶段三个阶段。

1. 前期阶段

前期阶段即货物在进出关境之前,向海关办理备案手续的过程。并不是所有的货物都要经过这个阶段。

2. 进出境阶段

进口境阶段包括4个环节。从进出口货物收发货人角度来说,其程序是:申报—配合查验—缴纳税费—提取或装运货物。从海关的角度来说,所对应的程序是:审单(决定是否受理申报)—查验—征税—放行。

3. 后续阶段

后续阶段是指根据海关对保税货物、特定减免税货物、暂准进出境货物等的监管要求,进出口货物收发货人或者其代理人在货物进出境储存、加工、装配、使用后,在规定的期限内,按照海关规定的要求办理的上述货物的核销、销案、申请解除海关监管手续的过程。

不同类进出境货物的报关程序如表2-3所示。

表2-3　不同类进出境货物的报关程序

货物类别	前期阶段 (货物在进出境前办理)	进出境阶段 (货物在进出境时办理的4个环节)	后续阶段 (进出境后需要办理才能结关的手续)
一般进出口货物	不需要办理	申报(接受申报) ↓ 配合查验(查验) ↓ 缴纳税费(征税) ↓ 提取货物(放行)	不需要办理
保税进出口货物	备案、申请登记手册		保税货物核销申请
特定减免税货物	特定减免税申请和申领免税证明		解除海关监管申请
暂准进出境货物	展览品备案申请		暂准进出境货物销案申请

一般出口货物的具体通关作业流程可分为四个阶段：单证准备阶段、电子申报阶段、现场交单阶段和后续管理阶段，如图 2-1 所示。

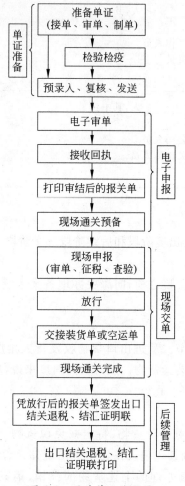

图 2-1　通关作业流程图

根据任务分配表，具体说明如下。

任务 2.1：单证准备

1. 准备单证（接单、审单、制单）

准备单证是报关员开始进行出口报关工作的第一步，单证的齐全、正确与否，直接关系到整个出口报关工作能否顺利进行。

（1）出口货物发货人办理报关委托事宜（代理报关委托书样本见图 2-2）。

（2）报关员审核报关单据。

报关员根据客户提供的原始单据，按照《中华人民共和国海关进出口货物报关单填制规范》认真、规范、如实地填写报关单手填联，并对所填写的报关单手填联的真实性、合法性承担相应的法律和经济责任。

代理报关委托书

我单位现　　(A 逐票、B 长期)委托贵公司代理　　等通关事宜。(A. 报关查验　B. 垫缴税款 C. 办理海关证明联　D. 审批手续　E. 核销手续　F. 申办减免税手续　G. 其他)详见《委托报关协议》。

我单位保证遵守《海关法》和国家有关法规,保证所提供的情况真实、完整、单货相符。否则,愿承担相关法律责任。

本委托书有效期自签字之日起至　　年　月　日止。

委托书(盖章):

法定代表人或其授权签署《代理报关委托书》的人(签字)

年　月　日

委托报关协议

为明确委托报关具体事项和各自责任,双方经平等协商签订协议如下:

委托方			初委托方		
主要货物名称			* 报关单编码	NO.	
HS 编码	□□□□□□□□□		收到单证日期	年　月　日	
进出口日期	年　月　日		收到单证情况	合同□	发票□
提单号				装箱清单□	提(运)单□
贸易方式				加工贸易手册□	许可证件□
原产地/货源地				其他	
传真电话			报关收费	人民币:	元
其他要求:			承诺说明:		
背面所列通用条款是本协议不可分割的一部分,对本协议的签署构成了对背面通用条款的同意。			背面所列通用条款是本协议不可分割的一部分,对本协议的签署构成了对背面通用条款的同意。		
委托方业务签章:			被委托方业务签章:		
经办人签章: 联系电话: 年　月　日			经办报关员签章: 联系电话: 年　月　日		

(白联:海关留存,黄联:被委托方留存,红联:委托方留存)　　中国报关协会监制

图 2-2 代理报关委托书样本

注意:出口货物如果属于法定检验检疫和特殊货物,需要检验检疫,必须先取得商检局的检验检疫证书,这是一项出口报关的重要原始单据。

2. 检验检疫

需要检验检疫的货物,在报关前要向口岸检验检疫机构报检,经检验检疫合格后,方

可向海关报关。

3．预录入、审核、发送

该阶段具体操作如下：报关员将填制好的报关单手填联或商检部门出具的检验检疫证书交给预录入人员，预录入人员将报关员填制的报关单手填联的内容录入到计算机中形成电子报关单；报关员认真核对预录入人员录入的报关单电子数据与发货人提供的各种原始单据及自己手写填制的报关单各栏目内容，如果发现错误要及时做出更改；报关员对预录入报关单审核无误后，在预录入计算机上按"发送"键，将电子数据发送到海关通关管理处审单中心，向海关 H2000 系统申报。

出口报关单样本如图 2-3 所示。

中华人民共和国海关出口货物报关单

预录入编号：　　　　　　　　　　　　　　　　　　　　海关编码：

出口口岸	备案号	出口日期	申报日期	
经营单位	运输方式	运输工具名称	提运单号	
收货单位	贸易方式	征免性质	结汇方式	
许可证号	运抵国（地区）	指运港	境内货源地	
批准文号	成交方式	运费	保费	杂费
合同协议号	件数	包装种类	毛重（千克）	净重（千克）
集装箱号	随附单据		生产厂家	
标记唛码及备注				
项号　商品编号　商品名称　规格型号　数量及单位　最终目的国　单价　总价　币制　征免				
税费征收情况				
录入员　　　　录入单位	兹声明以上申报无讹并承担法律责任		海关审单批注及放行日期（盖章）	
			审单　　　　审价	

图 2-3　出口报关单样本

任务 2.2：电子申报

1．电子审单

审单中心根据已收到的报关单电子数据，利用计算机系统对报关企业及报关员进行资格认证。海关计算机系统根据预先设置的各项参数对电子报关数据的规范性、有效性和合法性进行电子审核,并通过计算机网络将审核结果通知申报人。

2．接收回执

报关员在海关的信息查询系统中查询电子审单结果——回执。一般的回执信息有"不接受申报"、"接受申报"和"等待处理"三种情况。

3．现场通关预备

电子审单通过后,报关员按照规定的顺序装订好主要单证及随附单证和报关单,向现场海关申报。

任务2.3：现场交单

1．现场申报(审单、征税、查验)

(1)海关关员复核报关的相关信息。

海关关员对电子报关数据、书面单证及批注情况进行复核,审核书面单证的内容是否"单单"(报关单与随附单证)相符,审核"单机"(纸质报关单和报关单电子数据)是否相符。

(2)税费缴纳。

(3)查验。

海关对需要查验的货物实施现场查验。如果需要查验货物,报关员要带齐单证到现场查验部门办理查验手续。查验结束后,报关员应在《查验记录单》上签名、确认。

2．放行

现场关员审核无误后,在装货单或空运单上加盖"放行章",结合场站的入货信息进行电子信息放行,这样出口报关手续就基本完成了。

任务2.4：后续管理

1．结关证明联的签发

出口货物离境后,船运代理公司向海关传输出口清洁舱单,海关在核对报关单电子数据与清洁舱单数据一致后,办理结关核销手续。报关员查询舱单是否已核销,此时报关单信息应该由"已放行"变成"已结关",即可签发事后证明联;即出口结关退税核销单、收汇核销单、外汇核销单。同时,有关银行和国家外汇管理部门及国家税务机构将通过海关电子通关系统收到证明联的电子数据。

2．出口结关退税、结汇证明联打印

在海关签发出口退税核销单和结汇证明联后,企业可以到证明联打印窗口领取证明联,以供客户在当地外管局及当地税务局办理外汇核销、出口退税等手续。

第四步　教师演示

演示2.1：教师演示单证准备过程。

演示2.2：教师演示电子申报过程。

演示2.3：教师演示现场交单过程。

演示2.4：教师演示后续管理过程。

第五步　学生执行任务

学生分组轮训,模拟报关员等岗位,练习对出口货物进行报关操作。

执行任务 2.1：

（1）准备齐全、正确的相关单证。

客户应与报关企业签署报关委托书；

按规定，正确填写报关单。

（2）货物如果需要检验检疫，在报关前要向口岸检验检疫机构报检，经检验检疫合格后，方可向海关报关。

（3）预录入、审核、发送。

报关员将填制好的报关单手填联或商检部门出具的检验检疫证书交给预录入人员，预录入人员将报关员填制的报关单手填联的内容录入到计算机中形成电子报关单。

报关员认真核对预录入人员录入的报关单电子数据与发货人提供的各种原始单据及自己手写填制的报关单各栏目内容，如果发现错误要及时做出更改。

报关员对预录入报关单审核无误后，在预录入计算机上按"发送"键，将电子数据发送到海关通关管理处审单中心，向海关 H2000 系统申报。

过 程 指 导

报关单电子数据录入方式主要有以下三种。

（1）终端录入：报关员前往海关报关大厅委托预录入企业使用连接海关计算机系统的终端录入。

（2）自行 EDI 方式录入：报关员在本企业办公地点使用 EDI 方式自行录入。

（3）委托 EDI 方式录入：报关员委托预录入企业使用 EDI 方式录入。

执行任务 2.2：

（1）海关计算机系统根据预先设置的各项参数对电子报关数据的规范性、有效性和合法性进行电子审核，并通过计算机网络将审核结果通知申报人。

（2）报关员在海关的信息查询系统中查询电子审单结果——回执。

（3）按照规定的顺序装订好随附单证和报关单，向现场海关申报。

过 程 指 导

注意回执信息的几种情况。

（1）"不接受申报"：该信息表明报关单电子数据没有通过规范性审核，海关不接受申报。

（2）"接受申报"：该信息表明报关单电子数据通过规范性审核，海关接受申报。

（3）"等待处理"：表明海关接受申报后，需要实施人工审单。

执行任务 2.3：

1. 现场申报

（1）关员复核报关的相关信息。

（2）报关员持海关打印的税费专用缴款书或专用票据到银行缴纳税费。

（3）海关对需要查验的货物实施现场查验。

2. 放行，现场通关完成

出口报关完成后，场站将货物运至监管仓库或港区。

执行任务 2.4：

（1）签发结汇证明联。

（2）出口货物退税，打印结汇证明联。

▲ 成果展示

根据出口货物报关操作任务，学生展示出口货物报关操作处理结果，并提交相关单据。

▲ 实训评价

学生通过和老师进行专业交谈，思考哪些由于操作失误造成的缺陷应重新处理，以后如何避免这些问题。

老师对任务以及学生的实训结果进行评分，同时将评分结果记录到实训考核评价表中，如表 2-4 所示。

表 2-4　出口货物报关操作实训考核评价表

考核要素	评价标准	分值/分	评分/分		
			自评 (20%)	小组 (30%)	教师 (50%)
出口货物报关操作实训	单证填写正确	20			
	报关处理得当	20			
	单据齐全，填写规范	20			
	整个操作熟练、有序	20			
	实训手册填写规范全面	20			
评价人签名					
合　计					
评语					

教师：

年　月　日

▲ 技能拓展训练

【训练】 出口货物报关操作综合训练

（1）训练目标

① 熟悉出口货物报关操作流程。

② 掌握出口货物报关操作技能。

（2）训练要求

① 结合出口货物报关操作具体实际，分组设定出口货物报关操作情景，形成具体任务并完成。

② 结合设定情景，分组进行描述，并提交实训报告。

（3）过程评价

技能拓展训练过程评价表如表 2-5 所示。

表 2-5 出口货物报关技能拓展训练过程评价表

技能拓展训练模块名称							
班级			姓名			组号	
过程评价（组内）				小结、展示与交流评价（组内、组间）			
60分		分值/分	自评/分	20分＋20分		分值/分	自评/分	互评/分
信息	信息获取	4		工作小结	工作流程	5		
	任务分析	3			格式规范	3		
计划决策	规划分工	3			言辞表达	4		
	计划合理	4			思路清晰	4		
	方案特色	3			小组特色	4		
	积极参与	4						
实施	工作态度	3		成果展示交流	项目描述	2		
	协作精神	4			效果处理	2		
	工作文件	4			项目展示	3		
	工作质量	4			规划分工	2		
	问题解决	4			沟通交流	3		
	团队合作	4			应变能力	3		
检查	工作有序	4			接受批评	3		
	复杂程度	4			提出建议	2		
	合作意识	4		加分				
	完成情况	4						
合计				合计				
权重				权重				
总　计								
上课日期				指导教师签字				

（4）训练评价

本任务的考核评价如表2-6所示。

表 2-6　出口货物报关操作能力评分表

考评组		时间	
考评内容	考 核 标 准	分值/分	实际得分/分
出口货物报关操作	出口货物报关操作任务设定正确	30	
	出口货物报关操作处理合理	30	
	出口货物报关作业执行正确	40	
总分			
签字（本组成员）			

任务三
出口货物报检操作实训

▲ 实训目标

(1) 熟悉出口货物通关流程；

(2) 填制出口货物报检单；

(3) 获取出境货物的通关单；

(4) 识别出口货物检疫标识(IPPC 标识)。

▲ 情景设置

李仁收到张伟的订舱委托书,接受订舱委托。之后,李仁通过船运代理查到上海港至美国纽约港的班轮信息,选定了符合委托方相关要求的 CGS 船公司班轮,并向 CGS 船公司订舱,然后收到了一份 CGS 船公司返回的订舱确认书。在货物装船之前,LGE 服装公司还需要列出入境检验检疫局办理出口商品的报检手续,报检通过之后才能将货物转载到船上,保证船运的继续进行。

本任务的重点在于当 LGE 服装公司向出入境检验检疫局报检后,检验检疫局将向 LGE 服装公司出具不同的单据。LGE 服装公司的最终目的是获得"出境货物通关单",并将货物装船,完成运输。难点是完成所涉及的一些单据的填制。

▲ 实训地点

物流实训室

▲ 实训步骤

第一步　发放工作任务书

工作任务书主要包括任务目标、任务描述和工作成果等内容,如表 3-1 所示。

表 3-1　出口货物报检操作工作任务书

工作任务				总学时	
班级		组长		组员	
任务目标					
任务描述					
相关资料及资源					
工作成果					
注意事项					

第二步　任务分配

对任务进行分解,并根据任务目标,对学生进行任务分配,具体如表 3-2 所示。

表 3-2　出口货物报检操作任务分配表

任 务 分 解	学生角色分配
出口货物通关操作	作业组共_____人,其中: 报检人员_____人: 检验检疫工作人员_____人: 其他:
填制单据	作业组共_____人,其中: 报检人员_____人: 其他:

任 务 分 解	学生角色分配
实施检验检疫	作业组共_____人,其中: 报检人员_____人: 检验检疫人员_____人: 其他:
确定产地、报检地,出具单证	作业组共_____人,其中: 报检人员_____人: 检验检疫人员_____人: 其他:
换取"出境货物通关单"	作业组共_____人,其中: 报检人员_____人: 检验检疫局工作人员_____人: 出口方代表人员_____人: 其他:
识别出口货物检疫标识	作业组全体人员

第三步　任务说明

根据任务分配表,具体说明如下。

任务 3.1:出口货物通关操作

李仁所代理的这批货物是要从上海港出口到美国纽约港,可以按照出口货物报检流程来完成。

出口货物报检流程如图 3-1 所示。

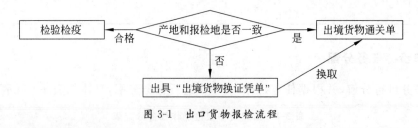

图 3-1　出口货物报检流程

任务 3.2:填制单据

(1) 完成备货。

(2) 向有关检验检疫部门报检。

(3) 填写"报检委托书"和"出境货物报检单"。

(4) 将相关文件交与上海出入境检验检疫局。

将填写好的"报检委托书"和"出境货物报检单",以及本次运输货物的合同、发票和厂检单一并交与上海出入境检验检疫局,申请对这批服装进行检验。

"报检委托书"样单和"出境货物报检单"样单如图 3-2 和图 3-3 所示。

报检委托书

_____出入境检验检疫局：

本委托郑重声明，保证遵守出入境检验检疫法律法规的规定。如有违法行为，自愿接受检验检疫机构的处罚并负法律责任。

本委托受委托人向检验检疫机构提交"报检申请单"和各种随附单据。具体委托情况如下：

本单位将于_____年_____月间进口/出口如下货物：

品名		HS 编码	
数量		合同号	
信用证号		审批文件	
其他特殊要求			

将委托_____（单位/注册登记号），代表本公司办理下列出入境检验检疫事宜：

□ 1. 办理代理报检手续；

□ 2. 代缴检验检疫费；

□ 3. 负责与检验检疫机构联系和验货；

□ 4. 领取检验检疫证单；

□ 5. 其他与报检有关的相关事宜。请贵局按相关法律法规规定予以办理。

委托人（公章）   受委托人（公章）

××公司   ××公司

      年 月 日   年 月 日

本委托书有效期至　年 月 日

图 3-2　报检委托书样单

中华人民共和国出入境检验检疫
出境货物报检单

报检单位　　　　　　　　　　　　　　　　　　　　　　　＊编号＿＿＿＿＿＿＿＿＿

（加盖公章）：

报检单位登记号：　　　联系人：　　　电话：　　　　　报检日期：　　年　月　日

发货人	（中文）					
	（外文）					
收货人	（中文）					
	（外文）					
货物名称（中外文）	HS 编码	产地	数/重量	货物总值		包装种类及数量
运输工具名称及号码		贸易方式		货物存放地点		
合同号		信用证号			用途	
发货日期		输往国家（地区）		许可证/审批号		
启运地		到达口岸		生产单位注册号		

集装箱规格、数量及号码

合同、信用证订立的 检验检疫条款或特殊要求	标 记 及 号 码	随附单据（划"√"或补填）	
单据齐全；在信用证上的 装船日期之前装船；		□合同 □信用证 □发票 □换证凭单 □装箱单 □厂检单	□包装性能结果单 □许可/审批文件 □ □ □ □

需要证单名称（划"√"或补填）		＊检验检疫费	
□品质证书　　__正__副 □重量证书　　__正__副 □数量证书　　__正__副 □兽医卫生证书__正__副 □健康证书　　__正__副 □卫生证书　　__正__副 □动物卫生证书__正__副	□植物检疫证书　　__正__副 □熏蒸/消毒证书　__正__副 □出境货物换证凭单__正__副 □ □ □ □	总金额 （人民币元）	
		计费人	
		收费人	

报检人郑重声明：	领 取 证 单		
1. 本人被授权报检。 2. 上列填写内容正确属实，货物无伪造或冒用他人的厂名、标 志、认证标志，并承担货物质量责任。 　　签名：＿＿＿＿＿＿＿	日期	年　月　日	
	签名		

注：有"＊"号栏由出入境检验检疫机关填写　　　　　　　　◆国家出入境检验检疫局制

[（2010.1.1）]

图 3-3　出境货物报检单样单

任务 3.3：实施检验检疫

（1）办理货物出境报检手续。

（2）出入境检验检疫局操作。

① 受理此次检验检疫。

② 收取检验检疫费。

③ 开始实施检验检疫。

任务 3.4：确定产地和报检地，出具单证

（1）经过检验确认合格。

（2）确认产地和报检地是否一致，发放不同单证。

若产地和报检地一致，上海出入境检验检疫局出具"出境货物通关单"其样本如图 3-4 所示。

1. 发货人：		5. 标记及号码	
2. 收货人：			
3. 合同/信用证	4. 输往国家或地区		
6. 运输工具名称及号码： 　船名航次：	7. 发货日期：	8. 集装箱规格和数量：	
9. 货物名称及规格	10. HS 编码	11. 申报总值	12. 数/重量、包装数量及种类：
13. 证明： 　　　上述货物已经检验检疫，请海关予以放行。 　　　本通关单有效期至　　年　月　日 签字：　　　　　　　　　　　　　　　　　日期：			
14. 备注			

图 3-4 出境货物通关单样本

若产地和报检地二者不一致，则上海出入境检验检疫局就会向厂家出具"出境货物换证凭条"或是"出境货物换证凭单"，样单如图 3-5 和图 3-6 所示。出境货物换证凭单的有效期是两个月。

出境货物换证凭条

转单号			报检号	
报检单位				
品名				
合同号			HS 编码	
数量		包装件数	金额	

评定意见：

　　贵单位报检的该批货物,经我局检验检疫,已合格。请执此单到上海出入境检验检疫局办理出境验证业务。本单有效期至　　年 月 日。

上海港务局本部
年　月　日

图 3-5　出境货物换证凭条样本

出境货物换证凭单

类别：口岸申报换证　　　　　　　　编号：

发货人			
收货人			标记和号码
品名			
HS 编码			
报检数/重量			
保证种类和数量			
申报总值		生产单位	
产地		生产批号	
生产日期		合同/信用证号	
包装性能检验结果单号		运输工具名称及号码	
输往国家或地区		集装箱数量及规格	
发货日期		检验依据	

检验检疫机构	检验结果： 备注：×××公司 签字：　　　　　　　　　　　　　　　　　　日期：　年　月　日
本单有效期	截止于　　年　月　日
备注	出具品质证及卫生证

分批出境核销栏	日期	出境数/重量	结存数/重量	核销人	日期	出境数/重量	结存数/重量	核销人

图 3-6　出境货物换证凭单样本

任务 3.5：换取"出境货物通关单"

在本实训中,产地和报检地一致,都在上海,上海出入境检验检疫局对这批商品进行检验,检验结果与合同、信用证的各项条款一致。上海出入境检验检疫局给李仁直接换发"出境货物通关单"。

任务 3.6：识别出口货物检疫标识

(1) 出口货物检疫标识样本如图 3-7 所示。

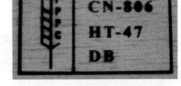

图 3-7　IPPC 标识样本

- IPPC——《国际植物保护公约》。
- CN——国际标准化组织(ISO)规定的中国国家编码。
- 034——LGE 服装木器包装制品有限公司,即出境货物木质包装标识加施企业的三位数登记号,按直属检验检疫局分别编号。
- MB——溴甲烷熏蒸热处理。这是一种除害处理方法,溴甲烷熏蒸为 MB,热处理为 HT。
- DB12——去除树皮处理。各直属检验检疫局用 2 位数代码(如上海局为 12,可标识为 DB12)。

(2) 标识颜色应为黑色,采用喷刷或电烙方式加施于每件木质包装两个相对面的显著位置,保证其永久性且清晰易辨。

(3) 标识为长方形,规格有三种：3cm×5.5cm、5cm×9cm 和 10cm×20cm。标识加施企业可根据木质包装大小任选一种。特殊木质包装经检验检疫机构同意。可参照标记式样比例确定。我国和国际统一的规格是 3cm×5.5cm。

将 IPPC 标识打在木质包装上面(如果没有木质包装则没有 IPPC 标识),就表明了这批商品的包装是合格的,可以装船运输。

第四步　教师演示

演示 3.1：教师演示出口货物通关操作过程。

演示 3.2：教师演示填制单据过程。

演示 3.3：教师演示实施检验检疫过程。

演示 3.4：教师演示确定产地和报检地、出具单证过程。

演示 3.5：教师演示换取"出境货物通关单"过程。

演示 3.6：教师演示识别出口货物检疫标识(IPPC 标识)。

第五步　学生执行任务

学生分组轮训,模拟报检人员岗位,练习出口报检操作。

执行任务 3.1：

(1) 了解出口通关操作流程。

(2) 准备实施出口报检过程。

执行任务 3.2：详见"任务说明"中相关内容。

过 程 指 导

（1）出境货物最迟要在出口报关或装运前 7 天向检验检疫局报检。

（2）本实训中，可选择李仁作为报检负责人。

（3）注意"报检委托书"和"出境货物报检单"中的相关内容。

（4）成交条款要与发票保持一致。同时还需要附上一些单据，交与议付行进行议付。换证凭单和通关单都是海关报关时需要的。

执行任务 3.3：

（1）办理货物出境报检手续

在出口发运货物前 10 天至 15 天向上海出入境检验检疫局办理货物出境报检手续。

（2）出入境检验检疫局工作人员操作

操作过程包括受理此次检验检疫、收取检验检疫费、实施检验检疫三个步骤。

执行任务 3.4：此操作中需经过出入境检验检疫局检验确认合格并根据产地和报检地具体情况，发放不同单证。

过 程 指 导

本实训中，产地和报检地一致。在现实操作中应注意产地与报检地不一致的情况。

执行任务 3.5：

（1）换取"出境货物通关单"。

（2）注意"出境货物通关单"的相关内容。

过 程 指 导

出境货物通关单有 2 联（出单日期一般在 10 个工作日）。第一联给海关；第二联为副本，留检验检疫局存档。

执行任务 3.6：认识 IPPC 标识样本，并熟悉 IPPC 标识。

▲ 成果展示

根据出口货物报检操作任务，学生展示出口货物报检操作结果，并提交相关单据。

▲ 实训评价

学生通过和老师进行专业交谈,思考哪些由于操作失误造成的缺陷应重新处理,以后如何避免这些问题。

老师对任务以及学生的实训结果进行评分,同时将评分结果记录到实训考核评价表中,如表 3-3 所示。

表 3-3　出口货物报检操作实训考核评价表

考核要素	评价标准	分值/分	评分/分		
			自评(20%)	小组(30%)	教师(50%)
出口货物报检操作实训	出口货物报检单填写正确	20			
	正确获取出境货物通关单	20			
	单据齐全,填写规范	20			
	整个操作熟练、有序	20			
	实训手册填写规范全面	20			
	评价人签名				
合　计					

评语

教师:
年 月 日

▲ 技能拓展训练

【训练】　出口货物报检综合训练

(1)训练目标

① 熟悉出口货物报检流程。

② 掌握出口货物报检技能。

(2)训练要求

① 结合出口货物报检的情况,分组设定出口货物报检情景,形成具体任务并完成。

② 结合设定情景,分组进行描述,并提交实训报告。

(3)训练内容

北京的一家棉花种子加工工厂从天津口岸出口一批货物,请分析代理此批货物的出口报检操作。

操作提示:

① 出口报检操作程序是指自代理人将货物办理出口报检手续的整个操作流程。主要包括报检、施检、查验、签证、放行五个主要环节。

② 步骤提示

步骤一：向烟台的检验检疫机构申请检验检疫。

步骤二：烟台的检验检疫机构受理检疫。

步骤三：计收费用。

步骤四：实施检验检疫。

步骤五：检验合格后,烟台检验检疫机构开出《出境货物换证凭单》或《出境货物换证凭条》。

步骤六：这批货物从烟台运到青岛后,企业凭着烟台检验检疫机构开出的《出境货物换证凭单》或《出境货物换证凭条》到青岛检验检疫机构换取《出境货物通关单》。

步骤七：凭青岛检验检疫机构开出的《出境货物通关单》以及其他单证向海关报关,履行完有关的手续后,海关放行。

（4）过程评价

技能拓展训练过程评价表如表 3-4 所示。

表 3-4　出口货物报检技能拓展训练过程评价表

技能拓展训练模块名称							
班级		姓名				组号	
过程评价（组内）				小结、展示与交流评价（组内、组间）			
60分		分值/分	自评/分	20分＋20分		分值/分	自评/分	互评/分
信息	信息获取	4		工作小结	工作流程	5		
	任务分析	3			格式规范	3		
计划决策	规划分工	3			言辞表达	4		
	计划合理	4			思路清晰	4		
	方案特色	3			小组特色	4		
	积极参与	4						
实施	工作态度	3		成果展示交流	项目描述	2		
	协作精神	4			效果处理	2		
	工作文件	4			项目展示	3		
	工作质量	4			规划分工	2		
	问题解决	4			沟通交流	3		
	团队合作	4			应变能力	3		
检查	工作有序	4			接受批评	3		
	复杂程度	4			提出建议	2		
	合作意识	4		加分				
	完成情况	4						
合计				合计				
权重				权重				
总　计								
上课日期				指导教师签字				

（5）训练评价

本任务的考核评价表如表 3-5 所示。

表 3-5 出口货物报检操作能力评分表

考评组			时间	
考评内容	考 核 标 准		分值/分	实际得分/分
出口货物报检	出口货物报检任务设定正确		30	
	出口货物报检处理合理		30	
	出口货物报检作业执行正确		40	
总分				
签字 （本组成员）				

任务四
货物运输保险操作实训

▲ 实训目标

（1）能够识别保险条款，会区分 C. I. C. 和 I. C. C. ；

（2）学会办理保险；

（3）掌握保险金额的确定方法，能够熟练地计算保险金额。

▲ 情景设置

小李选择在中国太平洋保险股份有限公司进行投保。投保单样单如图 4-1 所示。

▲ 实训地点

物流实训室

▲ 实训步骤

第一步　发放工作任务书

工作任务书主要包括任务目标、任务描述和工作成果等内容，如表 4-1 所示。

中国太平洋保险股份有限公司　天津分公司

CHINA PACIFIC PROPERTY INSURANCE CO., LTD. TIANJJIN BRANCH

进出口货物运输保险投保单

兹将我处进出口物资依照信用证规定向你处投保进出口运输险计开：（除特别注明,其余用英文填写）

被保险人：（英文）（中文）			
标记唛码	件　数	物品名称	保险金额
运输工具	起运日期		赔款偿付地点
运输路线			转载地点
自　　经　　到			
投保险别			申请人：
申请保单正本份数为：ISSUED IN ＿＿＿＿＿ ORIGINAL(S)		日期：ONLY DATE：	

图 4-1　投保单

表 4-1　货物运输保险操作工作任务书

工作任务				总学时	
班级		组长		组员	
任务目标					
任务描述					
相关资料及资源					
工作成果					
注意事项					

第二步　任务分配

对任务进行分解,并根据任务目标,对学生进行任务分配,具体如表 4-2 所示。

表 4-2　货物运输保险操作任务分配表

任 务 分 解	学生角色分配
研究保险险别及相关条款	作业组共_____人,其中: 投保人_____人: 保险公司_____人: 其他:
办理保险	作业组共_____人,其中: 投保人_____人: 保险公司_____人: 其他:
计算保险费	作业组共_____人,其中: 投保人_____人: 保险公司_____人: 其他:

第三步　任务说明

任务 4.1:研究保险险别及相关条款

比较中国保险条款和协会保险条款的各基本险种和附加险种。

任务 4.2:办理保险

选择合适险种,填写保单。

任务 4.3:计算保险费

根据不同险种保险费的计算公式,代入相关数据就能够得到该次运输的保险费。

第四步　教师演示

演示 4.1:教师演示不同险种的比较和选择。

演示 4.2:教师演示保单的填写。

演示 4.3:教师演示保险费的计算。

第五步　学生执行任务

学生分组轮训,模拟投保的角色,练习货物运输保险的操作。

执行任务 4.1:

(1)研究保险险别。

(2)熟悉相关保险的条款。

(3)比较中国保险条款和协会保险条款的各基本险种和附加险种。

过 程 指 导

（1）国际货物运输保险的种类比较多，有海上货物运输保险、航空运输保险和邮包运输保险。

（2）公司在签订合同时，选定的贸易方式是 CIF，这样就需要自己为这批货物买保险，以保证货物一旦有了货损，能够得到一定的补偿，从而将双方的运输风险降到最低。

执行任务 4.2：填写保单。

小李经过比较后，选择在中国太平洋保险股份有限公司进行投保。在委托货运代理公司确定租船订舱后，一般在开船前两个工作日内确认，一个工作日之后取单，小李持发票、箱单、提单确认件和信用证复印件开始填制投保单来办理保险。投保单如图 4-1 所示。

执行任务 4.3：

（1）掌握相关险种的计算公式。

（2）计算本次保险的保险费。

保险费＝保险金额×保险费率＝CIF 价×（1＋投保加成率）×保险费率

代入相应数据求出此次运输的保险费。

过 程 指 导

被保险人向保险公司办理进出口货物运输保险的办法有：逐笔投保和签订预约保险总合同两种。保险公司一般按到岸价格（CIF）加成 10%计算（即发票金额的 110%）。加成 10%是作为国外买方的费用和预期的利润。出口货物保险金额和保险费可按以下公式计算：

保险金额 ＝ CIF 价格×（1＋投保加成率）

保险费 ＝ CIF 价格×（1＋投保加成率）×保险费率

保险公司根据货物的性质订出相应的保险费率，希腊、罗马等国家在地中海东部和黑海沿岸进行贩运贸易，一般对在运输中易丢失和易损货物所定保险费率较高；反之，则较低。

进口货物保险金额和保险费一般按进口货物的 CIF 货值计算。保险金额和保险费的计算公式如下：

（1）以离岸价格（FOB）条款成交的进口货物

保险金额 ＝ FOB 价格×（1＋平均运费率＋平均保险费率）

保险费 ＝ 保险金额×平均保险费率

（2）以成本加运费（C&F）价格条款成交的进口货物

保险金额＝C&F 价格×（1＋平均保险费率）

保险费＝保险金额×平均保险费率

▲ 成果展示

根据货物运输保险的任务,学生提交保单并展示保费的计算结果。

▲ 实训评价

学生通过和老师进行专业交谈,思考哪些由于操作失误造成的缺陷应重新处理,以后如何避免这些问题。

老师对任务以及学生的实训结果进行评分,同时将评分结果记录到实训考核评价表中,如表 4-3 所示。

表 4-3 货物运输保险操作实训考核评价表

考核要素	评价标准	分值/分	评分/分		
			自评（20%）	小组（30%）	教师（50%）
货物运输保险操作实训	险种选择正确	20			
	保费计算正确	20			
	保单填写规范	20			
	整个操作熟练、有序	20			
	实训手册填写规范全面	20			
	评价人签名				
	合　计				

评语

教师：
年　月　日

▲ 技能拓展训练

【训练】 货物运输保险综合训练

(1)训练目标

① 熟悉货物运输保险办理流程。

② 正确选择险种。

(2)训练要求

① 结合保险的种类,分组设定保险情境,形成具体任务并完成。

② 结合设定情境,分组进行描述,并提交实训报告。

(3)训练内容

根据以下情景完成保险险别的选择,确定保险金额,填制保险单。

A出口公司向某国出口一批花生糖,投保一切险。由于货轮陈旧,速度慢,加上该轮船沿途到处揽载,结果航行了3个月才到达目的港。卸货后,花生糖因受热时间过长已全部潮解软化,无法销售。

填写工作任务书(如表4-4所示)。

表4-4 货物运输保险综合训练工作任务书

工作任务					总学时	
班级			组长		组员	
任务目标						
任务描述						
相关资料及资源						
工作成果						
注意事项						

（4）过程评价

技能拓展训练过程评价表如表4-5所示。

表4-5 货物运输保险操作技能拓展训练过程评价表

技能拓展训练模块名称							
班级			姓名			组号	
过程评价（组内）				小结、展示与交流评价（组内、组间）			
60分		分值/分	自评/分	20分＋20分	分值/分	自评/分	互评/分
信息	信息获取	4		工作小结	工作流程	5		
信息	任务分析	3		工作小结	格式规范	3		
计划决策	规划分工	3		工作小结	言辞表达	4		
计划决策	计划合理	4		工作小结	思路清晰	4		
计划决策	方案特色	3		工作小结	小组特色	4		
计划决策	积极参与	4					

过程评价（组内）			小结、展示与交流评价（组内、组间）				
60分	分值/分	自评/分	20分＋20分		分值/分	自评/分	互评/分
实施	工作态度	3		项目描述	2		
	协作精神	4	成果展示交流	效果处理	2		
	工作文件	4		项目展示	3		
	工作质量	4		规划分工	2		
	问题解决	4		沟通交流	3		
	团队合作	4		应变能力	3		
检查	工作有序	4		接受批评	3		
	复杂程度	4		提出建议	2		
	合作意识	4	加分				
	完成情况	4					
合计			合计				
权重			权重				
总　计							
上课日期			指导教师签字				

（5）训练评价

本任务的考核评价表如表4-6所示。

表4-6　货物运输保险操作能力评分表

考评组		时间	
考评内容	考 核 标 准	分值/分	实际得分/分
货物运输保险操作	正确选择保险险别	30	
	填制保险单	30	
	确定保险金额	40	
总分			
签字 （本组成员）			

任务五
海运杂货班轮货运出口操作实训

▲ 实训目标

(1) 了解杂货班轮运输的作业流程；

(2) 了解杂货班轮进出口业务的各部门业务内容；

(3) 能够按照业务要求正确填写各种相关单据。

▲ 情景设置

上海国际贸易公司与日本大阪的 TKAMLA 公司于 2006 年 3 月 1 日签订了一份出口"中国绿茶"的销售合同。上海国际贸易公司委托中国外轮代理公司为其代理出口该批业务。有关补充材料如下：

船名：PUDONG V.503　　B/L NO.：HJSHBI142939
SHIPPING MARKS:T.C　　Policy NO.：SH043101984
　　　　　TXT264　　中国绿茶 HS 编码：0902.109
　　　　　OSAKA　　发货地点：苏州茶叶厂
C/NO.154366092　　货物存放地点：逸仙路 9 号
INVOICE NO.TW0522　　许可证号/审批号 06 AB122433
INVOICE DATE:20060601

本任务主要涉及杂货班轮运输的一般情况，要求学生能按照海运杂货班轮出口单据流程，完成海运杂货班轮出口业务的操作。

▲ 实训地点

物流实训室

▲ 实训步骤

第一步　发放工作任务书

工作任务书主要包括任务目标、任务描述和工作成果等内容,如表 5-1 所示。

表 5-1　海运杂货班轮货运出口操作工作任务书

工作任务			总学时	
班级		组长	组员	
任务目标				
任务描述				
相关资料及资源				
工作成果				
注意事项				

第二步　任务分配

对任务进行分解,并根据任务目标,对学生进行任务分配,具体如表 5-2 所示。

表 5-2　海运杂货班轮货运出口操作任务分配表

任务分解	学生角色分配
申请托运、建立托运关系	作业组共_____人,其中: 船运代理_____人: 货运代理_____人: 出口商_____人: 其他:
准备相关单据	作业组共_____人,其中: 船运代理_____人: 货运代理_____人: 理货人员_____人: 其他:

任 务 分 解	学生角色分配
申报必需手续	作业组共_____人,其中: 商检局_____人: 货运代理_____人: 海关_____人: 保险公司_____人: 其他:
装运实施	作业组共_____人,其中: 船运代理_____人: 货运代理_____人: 理货人员_____人: 其他:
结汇及船舶出口手续	作业组共_____人,其中: 船运代理_____人: 货运代理_____人: 其他:

第三步　任务说明

完成海运杂货班轮货运出口业务的操作,首先需要熟悉杂货班轮货运出口的特点及流程,其次要明确出口过程中各角色在各环节的业务地位与协作关系,最后完成出口业务的操作。

海运杂货班轮货运出口流程如下。

(1) 托运人向船公司在装货港的代理处申请托运受理,受理后填写国际货运委托书,被确认后填写出口托运单、装货联单以及大副收据。船公司核对装货单(S/O)与订舱单(B/N)无误后,签发装货单。

(2) 托运人持装货单及有关单证到商检局处报检,并进行出境报检单、货运合同、商业发票、装箱单、装货单的审核。审核合格收到通关单后,再持通关单向海关报关,海关在装货单上加盖放行图章后,货物准予装船出口。

(3) 货运代理拿到报关单后,到保险公司进行投保。货运代理填写海运出口货物投保单及海运出口货物保险单,保险公司对其所填写的内容进行审核,确认无误后对该票货物进行承保。

(4) 船运代理编制装货清单(L/L),并发送给船舶及理货公司、卸货公司。

(5) 船公司大副根据装货清单编制货物积载计划交船运代理。船运代理核对后发送给理货长及码头,同时托运人将经过检验的货物送至指定的码头仓库准备装船。

(6) 货物装船后,理货长将装货单交大副,大副核实无误后签发大副收据(M/R),理货长将大副收据转交给托运人或出口方货运代理。

(7) 托运人持大副收据到船运代理处,填写好海运提单(B/L)并将填写好的海运提单与大副收据一起发送给船运代理,然后将该应付的费用付与船运代理,换取提单。

(8) 托运人持海运提单及有关单证到议付银行结汇,议付银行将以上单证邮寄开证银行。

(9) 货物装船完毕后,船运代理编制出口载货清单(M/F),送船长签字后向海关办理船舶出口手续,船舶起航。

(10) 出口方货运代理将全套的单证寄送给进口方货运代理。

根据任务分配表,具体说明如下。

任务 5.1:申请托运、建立托运关系

(1) 确认托运形式,缮制托运单,办理订舱手续

托运形式有以下三种,依据计划选择形式,办理托运申请。

① 已委托货运代理进行出口代运的委托人,可由接受代理的出口代运部缮制托运单,由货运代理的海运出口部办理订舱手续。

② 没有委托代运的出口公司,特别是口岸城市的进出口公司往往是自己缮制托运单,委托货运代理的海运出口部办理订舱手续。

③ 出口商自己缮制托运单,直接向船公司或其代理(船运代理)办理订舱手续。

(2) 建立托运关系

① 货运代理与船运代理是委托关系。

② 出口船运代理收到货运代理发来的"海运托运委托书"后,进行确认。

任务 5.2:准备相关单据

(1) 出口货运代理填写"海运出口托运单"、"装货单"和"大副收据",并发送给出口船运代理。

① 托运单又称订舱委托书,是指由托运人根据买卖合同和信用证的有关内容向承运人或其代理人办理货物运输的书面凭证。经承运人或其代理人对该单的审核确认,即表示已接受这一委托,承运人与托运人之间对货物运输的相互关系即告建立。

② 装货单又称下货单,是托运人或出口货运代理填制交船公司(或船运代理)审核并签章后,据以要求船长将货物装船承运的凭证。

③ 收货单又称大副收据,是指某一票货物装上船后,由船上大副签署给托运人的作为证明船方已收到该票货物并已装上船的凭证。所以收货单又称为大副收据。

(2) 船运代理签发装货单。

(3) 出口货运代理填写出境报检单、商业发票与装箱单。

(4) 出口货运代理填制报关单。

(5) 出口货运代理向保险公司填写投保单、保险单。

任务 5.3:申报必需手续

(1) 报检

① 审核报检委托书。

② 填写出境货物报检单。报检单是国家检验检疫部门根据检验检疫和鉴定工作的需要,为保证检验检疫工作规范化而设置的,是报检人根据有关法律、行政法规或合同约定申请检验检疫机构对其某种货物实施检验检疫、鉴定意愿的书面凭证。它表明了申请

人正式向检验检疫机构申请检验检疫和鉴定,以取得该批货物合法出口的合法凭证。报检单同时也是检验检疫机构对出入境货物实施检验检疫,启动检验检疫程序的依据。

③ 审核货运合同。

④ 填写商业发票。

⑤ 填写装箱单。

⑥ 审核装货单。

(2) 签发通关单

商检局审核出口货运代理提交的单据后签发通关单。

(3) 报关

出口货运代理填制报关单,并将货运合同、发票、出境货物报检单、装箱单和装货单交海关进行审核。出口货物报关单是出口商向海关申报出口的重要单据,也是海关直接监督出口行为、核准货物放行及对出口货物汇总统计的原始资料,直接决定了出口外销活动的合法性。出口货物报关单由中华人民共和国海关统一印制。

(4) 海关审核单据后,在装货单上签章。

(5) 办理保险

出口货运代理向保险公司填写投保单、保险单。保险公司审核单据无误后,签发保险单。

保险单是保险人接受被保险人的申请,并缴纳保险费后而订立的保险契约,是保险人和被保险人之间权利义务的说明,是当事人处理理赔和索赔的重要依据,是出口商在 CIF 条件下向银行办理结汇所必须提交的单据。

保险单就是一份保险合同,在保险单的正面,是特定的一笔保险交易,同时,该笔保险交易的当事人、保险标的物、保险金额险别、费率等应一一列出。在单据的背面,详细地列出了投保人、保险人与保险受益人三者的权利、义务以及各自的免责条款。

任务 5.4:装运实施

(1) 装运准备

① 出口货运代理通知码头货物待装。

② 出口船运代理向船公司发送装货清单。

装货清单的内容包括船名、装货单编号、件数、包装、货名、毛重、估计立方米及对特种货物运输的要求或注意事项的说明等。装货清单是大副编制积载计划的主要依据,又是供现场理货人员进行理货、港口安排驳运、进出库场以及掌握托运人备货及货物集中情况等的业务单据。

③ 船公司向码头发送装货清单。

④ 大副或船长编制货物积载计划给出口船运代理。

货物积载计划(Stowage Plan)是用以表示货物在船舱内的装载情况,使每一票货物都能形象具体地显示在船舱位置的图表。它是船方进行货物运输、保管和卸货工作的参考资料,也是卸货港据以理货、安排泊位、货物进仓或安排车泊的文件。

⑤ 出口船运代理将货物积载计划发送给理货长。

⑥ 出口船运代理将货物积载计划发送给码头。

(2) 装船

① 将货物从仓库运到码头进行装船。

② 装船完毕后,出口货运代理及时将装船通知发送给进口货运代理。

任务 5.5:结汇及船舶出口手续

(1)换取提单并支付运费

① 理货长将装货单交给大副或船长。

② 大副或船长留下装货单,签发大副收据。

③ 理货长将签发好的大副收据交给出口货运代理。

④ 出口货运代理发送收货单位给船公司,凭收货单换取已装船提单,并支付运费。

⑤ 出口船运代理留下收货单,签发提单。

(2)结汇

托运人到议付银行结汇,银行审核单据后付款。

(3)办理船舶出口报关手续

① 出口船运代理编制实载清单给大副或船长。

② 大副收到载货清单后签章。

③ 出口船运代理到海关办理船舶出口手续,并发送装货单和载货清单。

④ 海关盖章放行。

(4)寄送单据。

第四步 教师演示

演示 5.1: 教师演示申请托运、建立托运关系过程。

演示 5.2: 教师演示准备相关单据过程。

演示 5.3: 教师演示申报必需手续过程。

演示 5.4: 教师演示装船、结汇及船舶出口手续过程。

第五步 学生执行任务

学生分组轮训,模拟货运代理、船运代理及海关检验检疫部门岗位,练习对出口流程分步骤操作。

执行任务 5.1:

(1)明确出口商办理业务的 3 种形式,按角色学习缮制托运单。

(2)船公司或船运代理岗位同学制订订舱计划,确认手续办理。

(3)出口船运代理岗位同学接收货运代理岗位同学递交的"海运托运委托书"后,进行审核确认。

过 程 指 导

(1)货运代理的海运出口部门可以直接接受货主的委托,也可接受本公司代运部的委托,根据他们的具体要求,及时向船公司或船运代理办理订舱手续。

(2)货运代理与船运代理是委托关系。

执行任务 5.2：

（1）出口货代理岗位同学填写"海运出口托运单"、"装货单"和"大副收据"，并发送给出口船运代理。

（2）船运代理岗位同学签发装货单。

（3）出口货运代理岗位同学按要求填写出境报检单、商业发票与装箱单。

过 程 指 导

学习制作单据是从事国际货运代理工作必备的技能之一。任务 5.2 中的各种单据均须掌握。

（4）出口货运代理岗位的同学填制报关单。

（5）出口货运代理岗位的同学向保险公司填写投保单、保险单。

执行任务 5.3：

（1）报检。出口货运代理岗位同学向模拟当地商检局申报审核报检委托书、合同和装箱单，并填写出境报检单、商业发票与装箱单。

（2）签发通关单。商检局岗位同学按规定审核出口货运代理岗位同学提交的单据，然后签发通关单。

（3）报关。出口货运代理岗位同学将报关单、货运合同、发票、出境货物报检单、装箱单和装货单交海关同学进行审核。

（4）办理保险。出口货运代理岗位同学向保险公司提交投保单、保险单。保险岗位同学审核单据无误后，签发保险单。

执行任务 5.4：船运代理及船公司将装船手续完成后，出口货运代理岗位同学及时将装船通知发送给进口货运岗位同学。

执行任务 5.5：按照任务 5.5 角色分配完成结汇及发运事宜，出口船运代理岗位同学到海关办理船舶出口手续并发送装货单和载货清单，海关盖章放行，出口货运代理岗位同学向进口货运代理岗位同学寄送单据。完成交单，收班并清理现场。

▲ 成果展示

根据杂货班轮货物出口流程，学生展示步骤中的处理结果，及制作的单据。

▲ 实训评价

学生通过和老师进行专业交谈，思考哪些由于操作失误造成的缺陷应重新处理，以后如何避免这些问题。

老师对任务以及学生的实训结果进行评分，同时将评分结果记录到实训考核评价表中，如表 5-3 所示。

表 5-3　海运杂货班轮货运出口操作实训考核评价表

考核要素	评 价 标 准	分值/分	评分/分		
			自评(20%)	小组(30%)	教师(50%)
海运杂货班轮出口操作实训	3 种不同形式的委托申请,分配合理	10			
	单据齐全,填写规范	40			
	报关报检,办理保险等手续	20			
	整个操作熟练、有序	15			
	实训手册填写规范全面	15			
评价人签名					
合　计					

评语

　　　　　　　　　　　　　　　　　　　　　　　　　　教师:
　　　　　　　　　　　　　　　　　　　　　　　　　　　年　月　日

▲ 技能拓展训练

【训练】 单据制作加强训练

(1)训练目标

① 熟悉各种单据的一般形式。

② 掌握制作单据的各种要求及技能。

(2)案例练习

龙口港至非洲杂货航线始于 2003 年 1 月,经过 6 年的培育,一个较为成熟的非洲杂货物流市场已经形成。2008 年,龙口港出口非洲杂货班轮月均 6 班,出口货物包括建材类、钢材类、机械设备类、车辆类及生产生活辅助用品等。挂靠的港口主要有:罗安达、纳米贝、洛比托、黑角、杜阿拉、拉各斯、达喀尔、蒙巴萨、德班、吉布提、塔马塔夫港等。

2010 年,山水集团委托港口出口一批水泥物资,相关资料补充如下:上海国际贸易公司委托中国外轮代理公司为其代理出口该批业务。有关补充材料如下。

　　　船名:LONGKOU M.68　　B/L NO.:HJSHBI143589
　　　SHIPPING MARKS:T.C　　Policy NO.:SD565389652
　　　　　　LIWUPU 320　　中国水泥 HS 编码:25232100.00
　　　　　　GANGGUO　　发货地点:龙口港

C/NO.01-566　　　　　货物存放地点：港口码头 28 号仓
INVOICE NO.：TZ0535　　许可证号/审批号：06 AD136453
INVOICE DATE: 20100512

要求：按照教学案例的任务解说步骤,分小组进行海运杂货班轮出口业务办理。

（3）案例分析

上海田野工具制造有限公司是中国最大的生产田野工具的企业,它于 2005 年 3 月 15 日和印度尼西亚签订了一份出口双头扳手工具的销售合同。

本项目的有关补充资料如下。

① INVOICE NO.：TY068

② PACKED IN ONE 20'CONTAINER

PACKING	G. W.	N. W.	MEAS	Double Open End Spanne
10mm×12mm (MTM)	2.5kg/CTN	2.2kg/CTN	0.21m/CTN	Packed in 1 carton of 100 pcs each
8mm×10mm (MTM)	2kg/CTN	1.8kg/CTN	0.20m/CTN	Packed in 1 carton of 100 pcs each

③ HS CODE：8204.11

④ CERTIFICATE NO.：500511266

⑤ FREIGHT：UED2400.00

⑥ AIR WAYBILL NO.：BO50588661

⑦ AIR WAYBILL DATE：MAY.01,2005

⑧ 报检单位登记号：136776841

⑨ 报验单编号：T006688451

⑩ 生产单位注册号：SH1866742

⑪ 申请单位注册号：YT68114622

⑫ 发货人账号：045686

⑬ 外币账号：MY 5684321321

⑭ 海关编码：8328866457

⑮ 境内货源地：上海

⑯ 生产厂家：上海田野工具制造有限公司（3105226441）

⑰ 代理报关公司：上海田野报关公司（3122668874）

地址：上海金山路 100 号,电话：65756786

报关员：章明

（4）过程评价

技能拓展训练过程评价表如表 5-4 所示。

表5-4 海运杂货班轮货运出口操作技能拓展训练过程评价表

技能拓展训练模块名称							
班级			姓名			组号	
过程评价（组内）				小结、展示与交流评价（组内、组间）			
60分		分值/分	自评/分	20分＋20分		分值/分	自评/分	互评/分
信息	信息获取	4		工作小结	工作流程	5		
	任务分析	3			格式规范	3		
计划决策	规划分工	3			言辞表达	4		
	计划合理	4			思路清晰	4		
	方案特色	3			小组特色	4		
	积极参与	4						
实施	工作态度	3		成果展示交流	项目描述	2		
	协作精神	4			效果处理	2		
	工作文件	4			项目展示	3		
	工作质量	4			规划分工	2		
	问题解决	4			沟通交流	3		
	团队合作	4			应变能力	3		
检查	工作有序	4			接受批评	3		
	复杂程度	4			提出建议	2		
	合作意识	4		加分				
	完成情况	4						
合计				合计				
权重				权重				
总 计								
上课日期				指导教师签字				

任务六
海运集装箱整箱货出口业务实训

▲ 实训目标

（1）熟悉集装箱运输的特点及流程；

（2）明确出口过程中货物代理人、出口企业、进口企业、进口地银行、出口地银行、海关出口中的业务地位与协作关系；

（3）完成出口业务的操作。

▲ 情景设置

中国外轮代理公司是一家大型的国际货运代理公司，它于 2009 年 8 月接到上海纺织品进出口公司的委托，要求为其代理出口一批女式针织短衬衫到美国纽约，销售合同号为 21SSG—017，数量为 120 箱，毛重为 2584kg，净重为 2550kg，提单号为 CSA1505，运输工具为 ZHELUV.031118SE，起运港为上海，进口港为美国纽约海关，总金额为 24250 美元。

完成代理"女式针织短衬衫"的出口业务操作。

▲ 实训地点

物流实训室

▲ 实训步骤

第一步　发放工作任务书

工作任务书主要包括任务目标、任务描述和工作成果等内容，如表 6-1 所示。

表 6-1　海运集装箱整箱货出口业务工作任务书

工作任务				总学时	
班级		组长		组员	
任务目标					
任务描述					
相关资料及资源					
工作成果					
注意事项					

第二步　任务分配

对任务进行分解，并根据任务目标，对学生进行任务分配，具体如表 6-2 所示。

表 6-2　海运集装箱整箱货出口任务分配表

任 务 分 解	学生角色分配
建立货运代理关系	作业组共_____人，其中： 发货人_____人： 货运代理公司_____人： 其他：
申请订舱	作业组共_____人，其中： 货运代理公司_____人： 船公司或船运代理_____人： 其他：
货物承运	作业组共_____人，其中： 船公司或船运代理_____人： 货运代理公司_____人： 其他：
货物装箱	作业组共_____人，其中： 货运代理公司_____人： 船公司或船运代理_____人： 其他：
报检、报关	作业组共_____人，其中： 海关_____人： 发货人或出口地货运代理_____人： 其他：

任 务 分 解	学生角色分配
装船	作业组共_____人,其中: 船公司_____人: 货运代理_____人: 其他:
集装箱的交接签证	作业组共_____人,其中: 集装箱码头堆场_____人: 货运代理_____人: 其他:
发送装船通知	作业组共_____人,其中: 出口地货运代理_____人: 进口地货运代理_____人: 其他:
换取提单	作业组共_____人,其中: 发货人:_____人: 货运代理_____人: 其他:
单证传送	作业组共_____人,其中: 卸货港货运代理_____人: 出口地货运代理_____人: 其他:

第三步 任务说明

根据任务分配表,具体说明如下:

任务 6.1:建立货运代理关系

货物托运前,发货人填写海运托运委托书向货运代理公司提出委托,委托货运代理公司为其代理出口业务,建立货运代理关系。

任务 6.2:申请订舱

货运代理公司接受委托后,根据货主提供的有关贸易合同或信用证条款的规定,在货物出运之前一定的时间内,填制订舱单向船公司或船运代理(出口地)申请订舱。

任务 6.3:货物承运

(1)考虑其航线、船舶、运输要求、港口条件、运输时间等方面是否满足运输的要求。

(2)船方接受订舱,着手编制配舱回单并发送给货运代理(出口)。

(3)货运代理(出口)在收到配舱回单后,向船运代理申请使用集装箱,船运代理向货运代理发送集装箱发放单。

任务 6.4:货物装箱

(1)货运代理公司到集装箱空箱堆场领取空箱,领取空箱时注意检查。

(2)装箱后由装箱人制作集装箱货物装箱单,并按照重箱进港要求将重箱送到码头堆场待运。

任务 6.5：报检、报关

(1) 发货人或出口地货运代理在规定期限内填好商品检验申报表,带齐各种单证向商检局申报检验,缮制进口货物报关单,并备齐相关单证向海关办理申报。

(2) 海关审核无误后,签发报关单,准予其商品放行。

任务 6.6：装船

(1) 集装箱装卸区根据货物情况进行现场配载,并制订装船计划。

(2) 在船公司确定装船计划后,将出运的箱子调整到集装箱码头前方堆场,待船靠岸后,即可装船出运。

任务 6.7：集装箱的交接签证

集装箱码头堆场在验收集装箱并确认无误后,即在场站收据上签字,并将签署后的场站收据交换给货运代理。

任务 6.8：发送装船通知

装船后,出口地货运代理向进口地货运代理发送装船通知,以便顺利接货。

任务 6.9：换取提单

(1) 货运代理公司凭经签字的场站收据,在支付了预付运费后(在预付运费的情况下),就向承运部门或其代理部门(出口地船运代理)换取提单。

(2) 发货人取得船运代理(出口)签发的海运提单后,就可以去银行结汇。

任务 6.10：单证传送

货运代理应于起航后(近洋开船后 24 小时,远洋起航后 48 小时内)采用传真、电子邮件、电传或邮寄的方式向卸货港货运代理发出卸船所需的必要资料。

第四步　教师演示

演示 6.1：教师演示建立货运代理关系过程。

演示 6.2：教师演示申请订舱过程。

演示 6.3：教师演示货物承运过程。

演示 6.4：教师演示货物装箱过程。

演示 6.5：教师演示报检、报关过程。

演示 6.6：教师演示装船过程。

演示 6.7：教师演示集装箱的交接签证过程。

演示 6.8：教师演示发送装船通知过程。

演示 6.9：教师演示换取提单过程。

演示 6.10：教师演示单证传送过程。

第五步　学生执行任务

学生分组轮训,模拟海运集装箱整箱货出口业务。

执行任务 6.1：货物托运前,发货方上海纺织品进出口公司填写海运托运委托书向中国外轮代理公司提出委托申请,委托中国外轮代理公司为其代理出口业务,建立货运代理关系。

执行任务**6.2**：中国外轮代理公司接受委托后,根据货主提供的有关贸易合同或信用证条款的规定,在货物出运之前一定的时间内,填制订舱单(如图 6-1 所示)向船公司或船运代理(出口地)申请订舱。

中 国 外 轮 代 理 公 司

CHINA OCEAN SHIPPING AGENCY

留 底

COUNTERFOIL S/O No. ....

船名　　　　　　　　　船次　　　　　目的港
Vessel Name _____ Voy. _____ For _____

托运人
Shipper _____

收货人
Consignee _____

通知
Notify

标记及号码 Marks & Nos.	件数 Quantity	货　名 Description of Goods	毛重量(kg) Gross Weight In Kilos	尺码(m³) Measurement Cu. M.

共 计 件 数(大写)
Total Number of Packages in Writing

委　托　号		可否转船		
装　船　期		可否分批		
结　汇　期		存货地点		
总　尺　码				

图　6-1

执行任务**6.3**：

(1) 船方编制配舱回单并发送给货运代理(出口)。

(2) 货运代理(出口)在收到配舱回单后,向船运代理申请使用集装箱,船运代理向货运代理发送集装箱发放单。

过程指导

　　船公司或其代理人在决定是否接受发货人的托运申请时,会考虑其航线、船舶、运输要求、港口条件、运输时间等方面是否满足运输的要求。

执行任务6.4:

（1）中国外轮代理公司到集装箱空箱堆场领取空箱,领取空箱时要对集装箱进行检查,并根据集装箱出口编制的集装箱预配清单,在集装箱堆场或发货方的仓库进行装箱。

（2）装箱后由装箱人制作集装箱货物装箱单,并按照重箱进港要求将重箱送到码头堆场待运。

过程指导

　　整箱货的装箱工作可以由货运代理人安排进行,也可以由货主自己安排货物的装箱工作,在操作此步骤时产生了分支流程。本项目以由货运代理人中国外轮代理公司安排装箱工作为例,在进行装箱操作时,单击"分支流程"按钮,进入分支流程进行操作。

执行任务6.5:

（1）在规定期限内填好商品检验申报表向商检局申报检验,向海关办理申报。
（2）海关审核无误后,签发报关单,准予其商品放行。

过程指导

　　本环节单证包括出境货物报检单、商业发票、出口货物报关单、场站收据、海运提单。

执行任务6.6: 装船。
执行任务6.7: 集装箱的交接签证。
执行任务6.8: 发送装船通知。
执行任务6.9: 换取提单。
执行任务6.10: 单证传送。

▲ 成果展示

　　根据海运集装箱整箱货出口业务任务,学生展示出口业务操作结果,并提交相关单据。

集装箱整箱货出口业务的主要单证参见附录。

▲ 实训评价

学生通过和老师进行专业交谈,思考哪些由于操作失误造成的缺陷应重新处理,以后如何避免这些问题。

老师对任务以及学生的实训结果进行评分,同时将评分结果记录到实训考核评价表中,如表 6-3 所示。

表 6-3　海运集装箱整箱货出口业务实训考核评价表

考　评　组		时间	
考　评　内　容	考　核　标　准	分值/分	实际得分/分
海运集装箱整箱货出口业务实训	海运集装箱整箱货出口业务任务设定正确	30	
	海运集装箱整箱货出口业务处理合理	30	
	海运集装箱整箱货出口业务执行正确	40	
总分			
签字 (本组成员)			

▲ 技能拓展训练

【训练】　集装箱整箱货出口综合训练

(1)训练目标

① 熟悉集装箱整箱货出口流程。

② 掌握集装箱整箱货出口技能。

(2)训练要求

① 结合表 6-2,分组设定集装箱整箱货出口角色,形成具体任务,并完成以下代理出口男式针织短童装任务。

② 结合下面的案例,分组进行描述,并提交实训报告。

案例:中国外运代理公司是一家大型的国际货运代理公司,它于 2004 年 8 月接到上海友谊纺织品进出口公司的委托,要求为其代理一批男式针织短童装出口业务到日本东京,销售合同号为 53SSG—069,数量为 150 箱,毛重为 5678kg,净重为 5648kg,提单号为 JSB1603,运输工具为东风号货轮,031118SE,起运港为上海,进口港为上海东京海关,总金额为 38250 美元。

填写工作任务书,如表 6-4 所示。

表 6-4　拓展训练工作任务书

工作任务				总学时	
班级		组长		组员	
任务目标					
任务描述					
相关资料及资源					
工作成果					
注意事项					

（3）过程评价

技能拓展训练过程评价表如表 6-5 所示。

表 6-5　海运集装箱整箱货出口技能拓展训练过程评价表

技能拓展训练模块名称						
班级		姓名		组号		
过程评价（组内）				小结、展示与交流评价（组内、组间）		
60分		分值/分	自评/分	20分+20分	分值/分	自评/分	互评/分

过程评价（组内）60分		分值/分	自评/分	小结、展示与交流评价 20分+20分		分值/分	自评/分	互评/分
信息	信息获取	4		工作小结	工作流程	5		
	任务分析	3			格式规范	3		
计划决策	规划分工	3			言辞表达	4		
	计划合理	4			思路清晰	4		
	方案特色	3			小组特色	4		
	积极参与	4						
实施	工作态度	3		成果展示交流	项目描述	2		
	协作精神	4			效果处理	2		
	工作文件	4			项目展示	3		
	工作质量	4			规划分工	2		
	问题解决	4			沟通交流	3		
	团队合作	4			应变能力	3		
检查	工作有序	4			接受批评	3		
	复杂程度	4			提出建议	2		
	合作意识	4		加分				
	完成情况	4						
合计				合计				
权重				权重				
总　计								
上课日期				指导教师签字				

（4）训练评价

本任务的考核评价表如表 6-3 所示。

任务七
海运集装箱整箱货进口业务实训

▲ 实训目标

（1）熟悉海运集装箱整箱货进口业务的流程；

（2）培养学生处理海运集装箱整箱货进口业务的能力。

▲ 情景设置

大连晶锐化工进出口公司是一家主要从事精细化工产品的进出口企业。2010 年 6 月 19 日大连晶锐化工进出口公司与荷兰 CARR 公司签约，进口 B4OS 型电动叉车，并委托大连远洋代理公司为其代理集装箱整箱货进口"B4OS 型电动叉车"业务。

完成本任务涉及的进口业务的操作，需要首先熟悉进口业务流程；其次要明确进口过程中进口企业、出口企业、出口地银行、进口地银行、海关等的业务地位与协作关系；最后完成进口业务的操作。

该情景有关材料如下：

收货单位	大连晶锐化工进出口公司	经营单位	大连晶锐化工进出口公司
提运单号	EEW7865435	运输方式	江海
运输工具	EAST EXPRESSV. 151E	包装种类	纸箱
合同号	OOXFFG—78017KR	成交方式	CIF
件数	10	进口口岸	大连海关

境内目的地	大连	唛头	OOXFFG—78017K
起运国	荷兰	单价	17 951
装运港	鹿特丹	币制	USD
集装箱号	SCZU7854343	征免性质	一般征税
商品名称	B4OS FORKLIFT TRUCK	用途	企业自用
运费	2050	保险费	1346
毛重	15225kg	净重	15025kg

▲ 实训地点

物流实训室

▲ 实训步骤

第一步　发放工作任务书

工作任务书主要包括任务目标、任务描述和工作成果等内容,如表7-1所示。

表 7-1　海运集装箱整箱货进口业务工作任务书

工作任务			总学时	
班级		组长	组员	
任务目标				
任务描述				
相关资料 及资源				
工作成果				
注意事项				

第二步　任务分配

对任务进行分解,并根据任务目标,对学生进行任务分配,具体如表7-2所示。

表 7-2 海运集装箱整箱货进口业务任务分配表

任务分解	学生角色分配
接受委托	作业组共_____人,其中: 货运代理人_____人: 委托人_____人: 其他:
卸货地订舱	作业组共_____人,其中: 进口地货运代理人员_____人: 发货人相关人员_____人: 收货人相关人员_____人: 其他:
接运工作	作业组共_____人,其中: 理货员_____人: 发货人相关人员_____人: 进口地货运代理人员_____人: 其他:
报关、报检	作业组共_____人,其中: 报关人员_____人: 报检人员_____人: 海关人员_____人: 检验检疫人员_____人: 其他:
提取货物	作业组共_____人,其中: 报关人员_____人: 报检人员_____人: 海关人员_____人: 检验检疫人员_____人: 其他:

第三步 任务说明

1. **整箱货主要进口货运单证**

(1) 货主委托货运代理办理进口货运业务单证

这些单证主要包括:进口货运代理委托书、进口订舱联系单、提单、发票、装箱单、保险单、进口许可证、机电产品进口登记表以及包括木箱包装熏蒸证明等在内的其他单证。

(2) "交货记录"联单

在集装箱班轮运输中普遍采用"交货记录"联单以代替件杂货运输中使用的"提货单"。"交货记录"的性质实质上与"提货单"相同,仅在组成和流转过程方面有所不同。

"交货记录"标准格式一套共五联:①到货通知书;②提货单;③费用账单(蓝色);④费用账单(红色);⑤交货记录。

其流转程序如下。

① 船舶代理人在收到进口货物单证资料后,缮制"交货记录"联单,并向收货人或其代理人发出"到货通知书"。

② 收货人或其代理人在收到"到货通知书"后,凭海运正本提单向船舶代理人换取后四联。船运代理收回提单,在"提货单"上盖章。

③ 收货人或其代理人持"提货单"及其他货物报关资料向海关申报。海关验放后在"提货单"上盖放行章。

④ 收货人及其代理人持后四联到场站提货。场站核对无误后,将"提货单"、"费用账单"联留下,作为放货、结算费用及收费依据。在"交货记录"联上盖章。提货完毕后,提货人应在规定的栏目内签名,完成货物的交接,承运人对货物的责任终止。

2. 集装箱发放设备交接单

整箱货进口货运代理业务流程如下。

(1) 货主(收货人)与货运代理建立货运代理关系;

(2) 在买方安排运输的贸易合同下,货运代理操作卸货地订舱业务,落实货单齐备即可;

(3) 货运代理缮制货物清单后,向船公司办理订舱手续;

(4) 货运代理通知买卖合同中的卖方(实际发货人)及装港代理人;

(5) 船公司安排载货船舶抵装货港;

(6) 实际发货人将货物交给船公司,货物装船后发货人取得有关运输单证;

(7) 货主之间办理交易手续及单证;

(8) 货运代理掌握船舶动态,收集、保管好有关单证;

注:在卖方安排运输的贸易合同下,前(2)~(7)项不需要。

(9) 货运代理及时办理进口货物的单证及相关手续;

(10) 船抵卸货港卸货,货物入库、进场;

(11) 在办理了货物报关等手续后,就可凭提货单到现场提货,特殊情况下可在船边提货;

(12) 货运代理安排将货物交收货人,并办理空箱回运到空箱堆场等事宜。

3. 货运代理卸货地订舱业务

(1) 要求委托人在交货期一个月前填写"进口订舱联系单"。

(2) 订舱本身就是选择权的行使。

货运代理人依货主的授权,选择班轮运输或者租船运输,选择最佳的承运人。选择承运人主要考虑以下几个因素:①运输服务的定期性;②运输速度;③运输费用;④运输的可靠性;⑤经营状况和责任。

(3) 同装货地订舱相同,卸货地订舱也是一种契约行为。

(4) 装船。

由于买方不可能遍设自己的代表,而且在习惯上也是由发货人与船方进行交接,所以,实践中大多由发货人与船方进行货物交接工作。为避免发货人的不忠实,可委派监装代理人进行监督。

根据任务分配表,具体说明如下。

任务7.1:接受委托

货运代理人(大连远洋代理公司)与委托人(大连晶锐化工进出口公司)在发生进口业务代理关系之前,应首先签订进口货物海运托运委托书。海运托运委托书是规范双方权益的保障条件之一。

　　在委托协议中,有多个项目需要明确,如:委托人及受托人的全称、注册地址;委托方应提供的单证及提供的时间;代办事项的范围;服务费收费标准及支付时间、支付方法;违约责任条款;有关费用、杂费及关税等支付时间;委托方及受托人特别约定;纠纷的解决等。

　　货运委托书样式如图 7-1 所示。

Shipping Order

货 运 委 托 书

SHIPPER'S NAME AND ADDRESS(发货方名址) TEL:　　　　　　FAX:	(公司标志) ××国际货运代理有限公司 (英文名)
CONSIGNEE'S NAME AND ADDRESS(收货方名址) NOTIFY PARTY (通知人) TEL:	TEL: FAX: E-MAIL:

SHIPPER'S		ACCOUNTING REF. 账号

PORT OF LOADING(装运港)	PORT OF DISCHARGE(卸货港)	OCEAN FREIGHT　PREPAID 预付 □ COLLECT 到付 □ OTHER CHARGES　PREPAID 预付 □ COLLECT 到付 □
FINAL DESTINATION(目的港)	VOYAGE /VESSEL(航次/船名)	INSURANCE 是否购买保险　YES是 □ NO 否 □ AMOUNT OF INSURANCE 保险金额:

NO. OF PACKAGE & MARKS (箱数 & 箱唛)　DESCRIPTION OF GOODS (品名描述)		GROSS WEIGHT & MEASUREMENT(毛重 & 体积)
FCL 整柜:20GP □ 40GP □ 40HQ □ LCL 散货:□ AF(空运):□	M B/L NO. 主单号 H B/L NO. 分单号 MAWB NO.　　　HAWB NO.	CARGO READY DATE(可交货时间)
SPECIAL INSTRUCTIONS(特别提示)		CLOSING DATE AND TIME(截关时间)

其他条款或要求:×××

Received for　　　　　　　Signature and Stamp of shipper(签名 & 盖章)

By: _____　Date: _____　Business Reg. No. _____　Date: ____年 月 日

All business accepted without engagement and subject to printed conditions of carries involved.

图 7-1　货运委托书

任务 7.2：卸货地订舱

1. 订舱

进口地货运代理（大连远洋代理公司）接受收货人（大连晶锐化工进出口公司）委托后，就肩负租船订舱的责任，并有将船名、航次、装船期通知买卖双方及出口地船运代理的责任。

货运代理订舱操作相关内容如下。

（1）订舱对象及方式

以价格优先、航线好为宗旨，选择有优势的船东或货运代理订舱。

订舱方式：以书面订舱（填写订舱单）。

注意选择托运单格式。

（2）审核托运单订舱注意事项

在收到经运价中心审核过的订舱单后，开始订舱工作。注意，订舱单必须提供以下内容。

① 预配船期；

② 箱型、箱量；

③ 货名或货类；

④ 重量、体积（拼箱必须提供大约数）；

⑤ 起运港/卸货港/目的港（必须清晰明确）；

⑥ 付费条款（需提供并列明是"FREIGHT PREPAID"或者"FREIGHT COLLECT"）；

⑦ 运输条款以及特别注意事项的要求。

经过运价中心审核运费无误后，可向船东或货运代理订舱。

2. 装货、办理交易手续及单证交接

进口地货运代理（大连远洋代理公司）缮制货物清单后，向船公司办理订舱手续，并将订舱结果通知买卖合同中的卖方（实际发货人）及装运港（鹿特丹）船运代理（出口）。船公司安排载货船舶抵达装运港，实际发货人将货物交给船公司，货物装船后发货人取得有关运输单证，并与收货人办理交易手续及单证交接。

任务 7.3：接运工作

1. 货物装船

出口地船运代理首先安排载货船舶抵达装运港后，发货人将货物卸到装运港码头，经理货员理货后，将货物装船。

2. 传递单据

货物装船后，由大副或船长签发单据后，由出口地货运代理将全套单据寄送到进口地货运代理。收货人在与托运人办理好各项交易手续、付清货款后，从发货人处取回全套单据。

3. 收货地接卸准备

进口地货运代理（大连远洋代理公司）要做好各项接货准备，及时将货物情况告知收货人,汇集单证,及时与港方联系,谨慎接卸。

任务7.4：报关、报检

1．报关

进口地货运代理依照国家有关法规,在规定期限内持报关单、场站收据、商业发票、装箱单、产地证明书等相关单证向海关办理申报手续。

2．报检

收货人或进口地货运代理人依照国家有关法规并根据商品特性,在规定的期限内填好申报单,并向检验、检疫部门申报检验。

在本情境中由大连远洋代理公司向大连海关进行代理报关,向商检局进行报检。配送员到调度室上交配送单据和车钥匙。

任务7.5：提取货物

1．象征性交货

象征性交货即以单证交接,货物到港经海关验收,并在提货单上加盖海关放行章,将该提货单交给货主,即交货完毕。

2．实际性交货

实际性交货即除完成报关放行外,货运代理人负责港口装卸区办理提货,并负责将货物运至货主指定地点,交给货主。对于集装箱运输中的整箱货,货运代理人通常还需要负责将空箱送回堆场。

在本实训情境中,大副或船长在码头进行卸货后,理货长进行理货,收货人将全套单据发送给进口地船运代理并付清费用,换回提货单。收货人凭提货单到码头提货,收货人拆箱后将空箱送回堆场。

第四步　教师演示

演示7.1：教师演示接受委托过程。

演示7.2：教师演示卸货地订舱过程。

演示7.3：教师演示接运工作过程。

演示7.4：教师演示报关、报检过程。

演示7.5：教师演示提取货物过程。

第五步　学生执行任务

学生分组轮训,模拟海运集装箱整箱货进口业务相关人员岗位,练习对海运集装箱整箱货进口业务进行处理。

执行任务7.1：接受委托操作过程：寻找货运代理人公司→货运代理人与委托人签订进口货物海运托运委托书。

过 程 指 导

在委托协议中，要特别注意：委托人及受托人的全称、注册地址；委托人应提供的单证及提供的时间；代办事项的范围；服务费收费标准及支付时间、支付方法及违约责任条款；有关费用、杂费及关税等支付时间；委托方及受托人特别约定；纠纷的解决等。

执行任务 7.2：卸货地订舱操作过程：卸货地订舱→装货，办理交易手续及单证交接。

（具体过程详见"任务说明"相关内容。）

执行任务 7.3：接运工作过程：货物装船→传递单据→收货地接卸准备。

（具体过程详见"任务说明"相关内容。）

过 程 指 导

（1）传递单据过程中要注意确保单据的完整、正确。

（2）本情境中进口地货运代理公司为大连远洋代理公司。

执行任务 7.4：

（1）报关。依照国家有关法规，进口地货运代理在规定期限内持相关单证向海关办理申报手续。

（2）报检。依照国家有关法规并根据商品特性，收货人或进口地货运代理人在规定的期限内向检验、检疫部门申报检验。

过 程 指 导

根据国家有关法律、法规的规定，进口货物必须办理验放手续后，收货人才能提取货物，因此，必须及时办理有关报关、报检手续。

执行任务 7.5：提取货物操作过程：依次完成象征性交货和实际性交货，收货人凭提货单到码头提货，拆箱后将空箱送回堆场。

（具体操作详见"任务说明"相关内容。）

▲ 成果展示

根据海运集装箱整箱货进口操作任务，学生展示海运集装箱整箱货进口业务处理结果,并提交相关单据。

▲ 实训评价

　　学生通过和老师进行专业交谈,思考哪些由于操作失误造成的缺陷应重新处理,以后如何避免这些问题。

　　老师对任务以及学生的实训结果进行评分,同时将评分结果记录到实训考核评价表中,如表 7-3 所示。

表 7-3　海运集装箱整箱货进口业务实训考核评价表

考核要素	评 价 标 准	分值/分	评分/分		
			自评 (20%)	小组 (30%)	教师 (50%)
海运集装箱整箱货进口业务实训	海运集装箱整箱货进口业务分析正确	20			
	海运集装箱整箱货进口业务处理得当	20			
	单据齐全,填写规范	20			
	整个操作熟练、有序	20			
	实训手册填写规范全面	20			
评价人签名					
合　　计					

评语

教师:
　　　　年　月　日

▲ 技能拓展训练

【训练】　海运集装箱整箱货进口业务处理综合训练

　　(1)训练目标

　　① 熟悉海运集装箱整箱货进口业务处理流程。

　　② 掌握海运集装箱整箱货进口业务处理技能。

　　(2)训练要求

　　① 结合海运集装箱整箱货进口业务实训具体情况,分组设定海运集装箱整箱货进口业务情景,形成具体任务并完成。

② 结合设定情景,分组进行描述,并提交实训报告。

(3)实训情景

天津达昌进出口公司是一家主要从事进出口的企业,其于 2010 年 9 月 10 日与英国 BTB 公司签订了一份进口机床的合同,合同编号为 OOXCBFG—56123KR,数量为 4 台,件数为 12 件,毛重为 20015kg,提单号为 CCB5678456,运输工具为 WEST EXPRESST. 121W,起运港为英国伦敦,单价为 17600 美元。天津达昌进出口公司委托天津外运代理公司为其代理机床进口业务。

(4)过程评价

技能拓展训练过程评价表如表 7-4 所示。

表 7-4 海运集装箱整箱货进口业务技能拓展训练过程评价表

技能拓展训练模块名称							
班级			姓名			组号	
过程评价(组内)				小结、展示与交流评价(组内、组间)			
60分		分值/分	自评/分	20分+20分		分值/分	自评/分	互评/分
信息	信息获取	4		工作小结	工作流程	5		
	任务分析	3			格式规范	3		
计划决策	规划分工	3			言辞表达	4		
	计划合理	4			思路清晰	4		
	方案特色	3			小组特色	4		
	积极参与	4						
实施	工作态度	3		成果展示交流	项目描述	2		
	协作精神	4			效果处理	2		
	工作文件	4			项目展示	3		
	工作质量	4			规划分工	2		
	问题解决	4			沟通交流	3		
	团队合作	4			应变能力	3		
检查	工作有序	4			接受批评	3		
	复杂程度	4			提出建议	2		
	合作意识	4		加分				
	完成情况	4						
合计				合计				
权重				权重				
总 计								
上课日期				指导教师签字				

(5)训练评价

本任务的考核评价表如表 7-5 所示。

表 7-5　海运集装箱整箱货进口业务处理能力评分表

考评组		时间	
考评内容	考 核 标 准	分值/分	实际得分/分
海运集装箱整箱进口业务处理	海运集装箱整箱货进口业务任务设定正确	30	
	海运集装箱整箱货进口业务处理合理	30	
	海运集装箱整箱货进口业务作业执行正确	40	
总分			
签字（本组成员）			

任务八
海运集装箱拼箱货运业务操作实训

▲ **实训目标**

    (1) 了解海运集装箱拼箱业务的基本流程及内容；

    (2) 培养学生能够按照业务要求正确填写各相关单据的能力。

▲ **情景设置**

    广州众诚货运代理有限公司是经国家外经贸部批准的国际货运代理企业，总部设于广州，在国内外主要港口城市设有广泛的分公司和代理机构。

    国际海运是广州众诚货运代理有限公司的主营业务之一。2009 年 2 月 20 日，众诚货运代理有限公司揽到一批货物，分别是巨龙贸易公司的毛衣、棉衣服装，森林贸易的大批原布材料，华泰的动物饲料，中友的牛肉干等食品，华源的童鞋及运动鞋。该公司需将此批货物进行拼箱，委托中外运公司运往非洲坦桑尼亚的坦噶港口。

    本任务主要涉及海运集装箱拼箱货运业务的一般形式，要求学生完成教学中的拼箱业务操作及拼箱单的填写。首先需要熟悉集装箱拼箱货运业务的基本流程，了解托运人、货运代理（出口、进口）、船公司、码头、收货人之间的业务联系和权利、义务、责任等，最后完成集装箱拼箱货运业务操作的全过程。

▲ 实训地点

物流实训室

▲ 实训步骤

第一步 发放工作任务书

工作任务书主要包括任务目标、任务描述和工作成果等内容，如表 8-1 所示。

表 8-1 海运集装箱拼箱货运业务操作工作任务书

工作任务				总学时	
班级		组长		组员	
任务目标					
任务描述					
相关资料及资源					
工作成果					
注意事项					

第二步 任务分配

对任务进行分解，并根据任务目标，对学生进行任务分配，具体如表 8-2 所示。

表 8-2 海运集装箱拼箱货运业务任务分配表

任 务 分 解	学生角色分配
交接货物准备拼箱	作业组共_____人，其中： 货运代理_____人： 货主_____人： 其他：
准备相关单据填写提单(B/L)填写拼箱提单(House B/L)	作业组共_____人，其中： 船运代理_____人： 货运代理_____人： 货主_____人： 其他：

任 务 分 解	学生角色分配
办理整箱货物运输	作业组共_____人,其中: 船运代理_____人: 货运代理_____人: 货主_____人: 其他:
提交货物	作业组共_____人,其中: 船运代理_____人: 货运代理_____人: 理货人员_____人: 其他:

第三步　任务说明

集装箱拼箱流转过程如下。

(1) 发货人自己负责将货物运至集装箱货运站;

(2) 集装箱货运站负责备箱、配箱、装箱;

(3) 集装箱货运站负责将装载的集装箱货物运至集装箱码头;

(4) 根据堆场计划将集装箱暂存堆场,等待装船;

(5) 根据装船计划,将集装箱货物装上船舶;

(6) 通过海上运输,将集装箱货运抵卸船港;

(7) 根据卸船计划,从船上卸下集装箱货物;

(8) 根据堆场计划在堆场内暂存集装箱货物,等待货运站前来提货;

(9) 集装箱货运站交货;

(10) 集装箱空箱回运。

根据任务分配表,具体说明如下。

任务 8.1：交接货物准备拼箱

1. 了解与集装箱拼箱业务相关的注意事项

(1) 航线和船期表:了解货物运输的航线及运输量,及时向货主通报船期的变化。

(2) 国际货运代理公司的信息是关键,拼箱的运输交接方式主要是货站到货站(CFS to CFS)。因此拼箱公司的揽货和运作都要注重全球代理网络的支持。

(3) 装载、离港及到达目的港的时间:拼箱货都是急需货,拼箱货量大的公司具有满足货主运输要求的竞争优势,选择时也要注意这些条件。

(4) 了解货物的性质、包装:拼箱揽货普遍杂货多,危险品、超大物件货物、易腐易烂货物少,一旦发生泄漏和污染将会影响同箱其他货主的货物,应注意相关事宜。

(5) 通关、检验及国际贸易动态:拼箱运输是捆绑式运输,操作时要细心,而且问题发现得越早就越好解决。

2. 货运代理确认货主委托内容

委托内容如下:

（1）船期、件数；

（2）箱型、箱量；

（3）毛重；

（4）体积；

（5）付费条款、货物联系方法；

（6）装箱情况，拖装还是场装。

3. 了解和掌握拼箱业务的基本要素

（1）集装箱拼箱货运代理的流程：由订舱→送货通知→客户送货→提单确认→开船→放单。

（2）集装箱拼箱船务：拼箱货运一般不能指定某具体船公司，船公司只接收整箱货的订舱，而不直接接收拼箱货的订舱。只有通过货运代理（个别实力雄厚的船公司通过其物流公司）将拼箱货拼整后才能向船公司订舱。几乎所有的拼箱货都是通过货运代理公司集中办托、集中分拨来实现运输。

任务8.2：准备相关单据

（1）货主提供单证，如出口委托书、出口货物明细单、装箱单、发票（Invoice）、出口许可证、出口收汇核销单、退税单、报关手册。

（2）出口货运代理与船公司提供委托书（十联单）。

（3）出口货运代理与船公司提供订舱委托书。

（4）出口货运代理与船公司提供配舱单、船名、航次、提单号等信息。

（5）船公司提供装箱的时间、船名、航次、中转港、目的港、毛重、件数、体积、联系人、地址、电话等。

（6）出口货运代理和船公司安排货场、装运场，提供装货的船期、船名、航次、中转港、目的港、毛重、件数、体积、进舱编号等。

任务8.3：填写提单及拼箱提单

1. 填写提单的基本内容

（1）收货人的名称和地址；

（2）发货人的名称和地址；

（3）提单的签发日期、地点；

（4）接收、交付货物的地点；

（5）货物的标志；

（6）货物的名称、包装、件数、重量及尺寸；

（7）货物外表状况；

（8）签发提单份数；

（9）运输条款；

（10）运费条款。

2. 填写拼箱提单

由若干个货物组成整箱的发货人和收货人提供信息，拼箱公司根据其装箱准单分别缮制成相对应的小提单。

任务 8.4：办理整箱货物运输

（1）确认拼箱货的承运方式；

（2）拼箱货运价的制定与运费的计收；

（3）发送提单；

（4）发送拼箱提单；

（5）办理单证交接。

任务 8.5：提交货物

（1）提取整箱货；

（2）提取拼箱货。

第四步　教师演示

演示 8.1：教师演示交接货物准备拼箱过程。

演示 8.2：教师演示准备相关单据过程。

演示 8.3：教师演示填写提单及拼箱提单过程。

演示 8.4：教师演示办理整箱货物运输过程。

演示 8.5：教师演示提交货物过程。

第五步　学生执行任务

学生分组轮训，模拟货运代理、船运代理及货主岗位，练习对拼箱流程分步骤操作。

执行任务 8.1：

（1）设定此情景模式的交易背景，确定以下内容：航线和船期表，国际货运代理公司的信息，装载、离港及到达目的港的时间，货物的性质、包装，通关、检验动态。

（2）货主同学将货物委托于货运代理，提供货物信息交接手续。

（3）货运代理同学确认货主委托内容：船期、件数、箱型、箱量、毛重、体积、付费条款、货物联系方法、装箱情况、拖装还是场装。

过　程　指　导

货运代理同学需要用物流运筹学的知识将拼装任务科学合理完成，达到效益最大化、成本最小化原则。安排同一集装箱拼装时，根据货物特性、体积以及重量合理搭配。

执行任务 8.2：

（1）货主同学按照要求及设定情景填写单证：出口委托书、出口货物明细单、装箱单、发票、出口许可证、出口收汇核销单、退税单、报关手册。

（2）出口货运代理同学与船公司提供委托书（十联单）。

（3）出口货运代理同学与船公司提供订舱委托书。

（4）出口货运代理同学填写配舱单、船名、航次、提单号等信息。

（5）船公司同学填写装箱的时间、船名、航次、中转港、目的港、毛重、件数、体积、联系人、地址、电话等。

过　程　指　导

（1）制单时应最大限度保证货主原始托单的数据正确、相符性，以减少后续过程的频繁更改。

（2）订舱委托书及订舱附件（如船公司价格确认件）应一并备齐方能订舱。

（6）出口货运代理和船公司同学决定安排场装的船期、船名、航次、中转港、目的港、毛重、件数、体积、进舱编号等。

执行任务 8.3：

（1）填写提单的基本内容。

（2）填写拼箱提单。

过　程　指　导

填制提单时，明确提单的作用——责任规定，交货的凭证，运输合同的订立以及物权凭证，有利于提单的内容填写规范完整。注意提单及拼箱提单的区别，填制过程中注意具体项目。

执行任务 8.4：

（1）货运代理同学及船运代理同学确认拼箱货的承运方式。

（2）船运代理同学按照计费标准计算运费，不同的拼装方式及货物标准不同。

（3）发送提单，配合进口货运代理同学完成单据的准确核对，并以小提单在交付相关费用后从拼箱公司的代理换取提货的凭证，进行清关。

过　程　指　导

80%以上拼箱货的承运方式为站到站方式，其次是门到门、门到站、站到门方式。

（4）发送拼箱提单。

① 在发送拼箱提单的实践过程中，应配合货运代理（进口）确保单据的准确无误；

② 单证伴随着整个物流运转,参与货物运输的许多当事人是看不到实际货物的,而唯一能够查核的就是单证。单证的准确无误、及时送达在货物运输中至关重要。

(5)进出口货运代理相互办理单证交接。

① 在办理单证交接的实践过程中,应了解和掌握办理单证交接的基本内容。

② 货运代理间相互提供的主要单证有:订舱委托书、报关委托书(货主自报关可省略)、报关单、商业发票、装箱单、重量单、出口许可证、商检证、产地证明书、保险单、出口拼箱货物装箱准单及其他相关单据。

③ 货主提供的单证:出口委托书、出口货物明细单、装箱单发票、出口许可证、出口收汇核销单、退税单、报关手册。

执行任务 8.5: 在办理提取拼箱货的实践过程中,应根据货运代理(进口)提供的单证进行拼箱货的提取。

(1)整箱交、整箱接(FCL/FCL)。货主在工厂或仓库把装满货的整箱交给承运人,收货人在目的地以同样整箱接货。换言之,承运人以整箱为单位负责交接。货物的装箱和拆箱均由货方负责。

(2)拼箱交、拆箱接(LCL/LCL)。货主将不足整箱的小票托运货物在集装箱货运站或内陆转运站交给承运人,由承运人负责拼箱和装箱运到目的地货站或内陆转运站,由承运人负责拆箱,拆箱后,收货人凭单接货。货物的装箱和拆箱均由承运人负责。

(3)整箱交、拆箱接(FCL/LCL)。货主在工厂或仓库把装满货的整箱货交给承运人,在目的地的集装箱货运站或内陆转运站由承运人负责拆箱后,各收货人凭单接货。

(4)拼箱交、整箱接(LCL/FCL)。货主将不足整箱的小票托运货物在集装箱货运站或内陆转运站交给承运人。由承运人分类调整,把收货人的货集中拼装成整箱,运到目的地后,承运人以整箱交,收货人以整箱接。

按照任务 8.5 角色分配完成货物交接,收班并清理现场。

▲ 成果展示

根据海运集装箱拼箱规则,学生展示步骤中的处理结果,并展示相关制作的单据。

▲ 实训评价

学生通过和老师进行专业交谈,思考哪些由于操作失误造成的缺陷应重新处理,以后如何避免这些问题。

老师对任务以及学生的实训结果进行评分,同时将评分结果记录到实训考核评价表中(如表 8-3 所示),并且对参与角色同学按照表 8-3 打分。

表 8-3　海运集装箱拼箱货运实训考核评价表

考核要素	评 价 标 准	分值/分	评分/分		
			自评(20%)	小组(30%)	教师(50%)
海运集装箱拼箱货运实训	拼箱方式	20			
	单据齐全,填写规范	30			
	运费计算	20			
	整个操作熟练、有序	15			
	实训手册填写规范全面	15			
	评价人签名				
	合　　计				
评语					

教师:
年　月　日

▲ 技能拓展训练

【训练】　拼箱专项加强训练

(1)训练目标

① 灵活掌握拼箱原则的运用及方法。

② 掌握提单制作。

③ 会计算运费。

(2)运费计收知识

① 运费是承运商根据运输合同完成货物运输服务后从托运人那里取得的报酬,运价则是承运人为完成某一计量单位货物运输服务所取得的报酬。

② 为了提供运输服务,承运人需要承担一定的消耗和支付一定的费用。因此,当承运人出售这种运输服务时,就要向其购买者——托运人收取一定的报酬即运费,以补偿其消耗的支出,并取得一定的盈利。而计算运费的单价或费率就是运价。

③ 拼箱货运价的确定和变动取决于运输服务的供给和需求的关系。运价水平的上限不能超过货物对运费的负担能力;运价水平的下限至少能补偿为提供运输服务而发生的消耗和费用,即运输成本。

④ 拼箱货运输成本通常应包括装箱拆箱费、海洋运费、路上短驳费和企业管理费等费用。因此,从短期观点看,拼箱货物运价可能会暂时出现低于运输服务成本的情况。

⑤ 拼箱货运费的计收标准通常为"立方米",这是因为拼箱货多为"轻泡货",以及运价本中的规定,即计费标准为"M"所致。

(3)案例学习

山东泛亚国际货运有限公司依托强大的系统平台、专业的操作团队,建立了完善的国内外代理网络,利用自行研发的软件系统,结合多项服务产品以及集装箱运输车队和大型仓库等硬件资源,为客户量身订制物流方案。

2010年6月13日,一批集装箱货物在威海港口拼箱准备运往斯里兰卡的马纳尔港口。这批货物主要是一些环渤海地区特殊的海鲜产品及蔬菜、水果,有鲐鱼、大小黄鱼、对虾、带鱼,以及花生、苹果、大枣等各个贸易公司的货物。

要求:请按照老师解说步骤,分小组进行海运集装箱拼箱出口业务办理。对相关单据认真填制,熟悉相关手续、流程。

(4)案例分析

中成国际运输有限公司于2007年1月10日受浙江北仑第二集装箱有限公司的委托,从英国BBM公司进口一批电子产品——EOMNNNN器。

合同编号为03RF3937302,数量为4000件,毛重为400kg,提单号为TF0322188013,运输工具为WEST EXPRESST.121W,起运港为英国伦敦,进口港为上海,总金额为18868英镑。按集装箱拼箱货进口流程,分步骤操作,完成代理EOMNNNN器进口业务操作。

(5)过程评价

技能拓展训练过程评价表如表8-4所示。

表8-4 海运集装箱拼箱货运业务技能拓展训练过程评价表

技能拓展训练模块名称							
班级			姓名			组号	
过程评价(组内)				小结、展示与交流评价(组内、组间)			
60分		分值/分	自评/分	20分+20分		分值/分	自评/分	互评/分
信息	信息获取	4		工作小结	工作流程	5		
	任务分析	3			格式规范	3		
计划决策	规划分工	3			言辞表达	4		
	计划合理	4			思路清晰	4		
	方案特色	3			小组特色	4		
	积极参与	4						
实施	工作态度	3		成果展示交流	项目描述	2		
	协作精神	4			效果处理	2		
	工作文件	4			项目展示	3		
	工作质量	4			规划分工	2		
	问题解决	4			沟通交流	3		
	团队合作	4			应变能力	3		
检查	工作有序	4			接受批评	3		
	复杂程度	4			提出建议	2		
	合作意识	4		加分				
	完成情况	4						
合计				合计				
权重				权重				
总 计								
上课日期				指导教师签字				

任务九
航空出港货物货运代理操作实训

▲ 实训目标

(1) 熟悉航空出港货物货运代理的操作流程；
(2) 了解货物的航空运输过程。

▲ 情景设置

环宇公司生产各种型号的医疗器材(HOSPITAL UNIFORM)，产品出口到很多国家，与众多用户建立了长期良好的合作关系。

日本 FUBU COMPANY 与环宇公司是合作多年的业务伙伴。2004 年 12 月 5 日，环宇公司和 FUBU COMPANY 签订了一份进口医疗器材的销售合同，并且 FUBU COMPANY 已于 2004 年 12 月 28 日开出了信用证。

环宇公司委托 SINOTRANS 公司代理出口医疗器材的出港业务。

有关资料如下：

托运人	环宇公司(HUANYU COMPANY)	收货人	FUBU COMPANY
代理名称	SINOTRANS	目的港代理	SAKURA CORP
运输工具名称	CA1908	始发站	南京(NANJING)
到达站	东京(TOKYO)	提单号	999—85372511
成交方式	CIP	尺码(体积)	4.20CBM
合同号	04JS001	信用证号	UF789

续表

起运地	南京	到达口岸	东京
货名	HOSPITAL UNIFORM	唛头	FUBU 1—88CTNS
件数	88CTNS	净重	1200kg
毛重	1323kg	单价	1.9USD
总价	9975USD	分单重量	1323kg
分单件数	5250	分单号	357284

▲ 实训地点

物流实训室

▲ 实训步骤

第一步 发放工作任务书

工作任务书主要包括任务目标、任务描述和工作成果等内容,如表 9-1 所示。

表 9-1 航空出港货物货运代理操作工作任务书

工作任务				总学时	
班级		组长		组员	
任务目标					
任务描述					
相关资料及资源					
工作成果					
注意事项					

第二步 任务分配

对任务进行分解,并根据任务目标,对学生进行任务分配,如表 9-2 所示。

表 9-2　航空出港货物货运代理作业任务分配表

任　务　分　解	学生角色分配
委托运输	作业组共_____人,其中: 发货人_____人: 托运人_____人: 货运代理_____人: 其他:
审核单证	作业组共_____人,其中: 托运人_____人: 货运代理_____人: 其他:
预配舱、预订舱	作业组共_____人,其中: 代理人_____人: 航空公司_____人: 其他:
接收单证	作业组共_____人,其中: 货运代理_____人: 托运人_____人: 其他:
填制货运单	作业组共_____人,其中: 发货人_____人: 其他:
接收货物	作业组共_____人,其中: 航空货物代理公司_____人: 其他:
标记和标签	作业组共_____人,其中: 代理人_____人: 航空公司_____人: 其他:
配舱	作业组共_____人,其中: 代理人_____人: 航空公司_____人: 其他:
订舱	作业组共_____人,其中: 代理人_____人: 航空公司_____人: 发货人_____人: 其他:
出口报关	作业组共_____人,其中: 发货人_____人: 代理人_____人: 海关_____人: 其他:

任 务 分 解	学生角色分配
制作出仓单	作业组共_____人,其中: 代理人_____人: 发货人_____人: 其他:
提板、箱装货	作业组共_____人,其中: 货运代理_____人: 航空公司_____人: 其他:
签单	作业组共_____人,其中: 代理人_____人: 航空公司_____人: 其他:
交接发运	作业组共_____人,其中: 代理人_____人: 航空公司_____人: 其他:
航班跟踪	作业组共_____人,其中: 代理人_____人: 航空公司_____人: 其他:
信息服务	作业组共_____人,其中: 代理人_____人: 货主_____人: 其他:
费用结算	作业组共_____人,其中: 代理人_____人: 发货人_____人: 承运人_____人: 国外代理_____人: 其他:

第三步　任务说明

根据任务分配表,具体说明如下。

任务 9.1:委托运输

(1)了解国际货物托运书的格式及内容。

(2)填写国际货物托运单,并加盖公章。

任务 9.2:审核单证

(1)了解不同单证的种类。

(2)根据托运人提供的有关单据进行审核。

任务 9.3：预配舱、预订舱

（1）汇总所接受的委托和客户的预报。

（2）根据所制订的预配方案，按航班、日期打印出总运单号、件数、重量、体积，向航空公司订舱。

任务 9.4：接收单证

（1）接收托运人或其他代理人送交的、已经审核确认的托运书及报关单证和收货凭证，将计算机中的收获记录与收货凭证核对。

（2）制作操作交接单。

任务 9.5：填制货运单

（1）了解货运单的种类，包括主运单和分运单两种。

（2）货单的填写必须详细、准确、严格，符合单货一致、单单一致的要求。

（3）逐项填制航空货运单的相关栏目。

任务 9.6：接收货物

（1）对货物进行过磅和丈量，并根据发票、装箱或送货单清点货物，核对货物的数量、品名、合同号或唛头等是否与货运单上所列一致。

（2）检查货物的外包装是否符合运输的要求。

任务 9.7：标记和标签

（1）了解标记内容与格式。

（2）了解航空公司标签的内容与格式。

（3）一件货物粘贴一张航空公司标签，有分运单的货物再贴一张分签单。

任务 9.8：配舱

（1）核对货物的实际件数、重量、体积与托运书上的预报数量是否有差别。

（2）核对预订的舱位号及数量、板箱是否有效利用并合理搭配，要按照各航班机型、板箱型号、高度、数量进行配载。

任务 9.9：订舱

（1）接到发货人的发货人预报后，向航空公司吨控部门领取订舱单并填写。

（2）提供相应的信息，如货物的名称、体积、重量、件数、目的地，要求出运的时间等。

（3）航空公司根据实际情况安排舱位和航班。

（4）订舱后，航空公司签发舱位确认书（舱单），同时给予装货集装器领取凭证，以表示舱位订妥。

任务 9.10：出口报关

（1）计算机预录入：将发货人提供的出口货物报关单的各项内容输入计算机。

（2）在通过计算机填制的报关单上加盖报关单位的报关专用章。

（3）将报关单与有关的发票、装箱单和货运单合在一起，并根据需要随附有关的证明文件。

（4）以上报关单证齐全后，由持有报关证的报关员正式向海关申报。

（5）海关审核无误后，海关关员即在用于发运的运单正本上加盖放行章，同时在出口收汇核销单和出口报关单上加盖放行章,在发货人用于产品退税的单证上加盖验讫章,粘贴防伪标志,完成出口报关手续。

任务 9.11:制作出仓单

(1) 出仓单包括日期、承运航班的日期、装载板箱形式及数量、货物进仓顺序编号、总运单号、件数、重量、体积、目的地三字代码和备注等。

(2) 将进仓单交给出口仓库,用于出库计划,出库时点数并交接。

任务 9.12:提板、箱装货

(1) 订妥舱位后,航空公司吨控部门将根据货量出具"航空集装箱、板"凭证。

(2) 货运代理公司凭该凭证向航空公司箱板管理部门领取与订舱货量相应的集装板、集装箱,并办理相应的手续。

(3) 应领取相应的塑料薄膜和网。对所使用的板、箱要登记、消号。

任务 9.13:签单

签单主要是审核运价使用是否正确以及货物的性质是否适合空运,如危险品等是否已办理了相应的证明和手续。只有签单确认后才允许将单、货交给航空公司。

任务 9.14:交接发运

(1) 交接。

(2) 交单。

(3) 交货。

任务 9.15:航班跟踪

(1) 对于需要联程中转的货物,在货物运出后,要求航空公司提供二程、三程航班中转信息,确认中转情况。

(2) 及时将上述信息反馈给客户,以便遇到不正常情况时能及时处理。

任务 9.16:信息服务

在出口货运操作的整个过程中,航空货运代理公司应将订舱信息、审单及报关信息、仓库收货信息、交运称重信息、一程及二程航班信息、集中托运信息以及单证信息等及时地传递给货主,做好沟通和协调工作。

任务 9.17:费用结算

(1) 与发货人结算预付运费、地面运输费和各种服务费、手续费。

(2) 与承运人结算航空运费、代理费及代理佣金;与国外代理人的结算主要涉及运费和利润分成。

第四步　教师演示

演示 9.1:教师演示委托运输过程。

演示 9.2:教师演示审核单证过程。

演示 9.3:教师演示预配舱、预订舱过程。

演示 9.4:教师演示接收单证过程。

演示 9.5:教师演示填制货运单过程。

演示 9.6：教师演示接收货物过程。

演示 9.7：教师演示粘贴标记和标签过程。

演示 9.8：教师演示配舱过程。

演示 9.9：教师演示订舱过程。

演示 9.10：教师演示出口报关过程。

演示 9.11：教师演示制作出仓单过程。

演示 9.12：教师演示提板、箱装货过程。

演示 9.13：教师演示签单过程。

演示 9.14：教师演示交接发运过程。

演示 9.15：教师演示航班跟踪过程。

演示 9.16：教师演示信息服务过程。

演示 9.17：教师演示费用结算过程。

第五步　学生执行任务

学生分组轮训,练习航空出港货物货运代理操作。

执行任务 9.1：委托运输。

过 程 指 导

（1）发货人委托货运代理承办航空货运出口货物时,应首先填写国际货物托运书,并加盖公章,作为发货人委托代理承办航空货物出口货物的依据。

（2）国际货物托运书（Shippers Letter of Instruction,SLI）是一份重要的法律文件,文件上列有填制货运单所需的各项内容,并应印有授权于承运人或其他代理人代其在货运单上签字的文字说明。

国际货物托运书样单见图 9-1。

执行任务 9.2：审核单证。

过 程 指 导

所要审核的单证根据贸易方式、信用证要求等有所不同,一般主要包括商业发票、装箱单、委托书、报关单、外汇核销单、许可证、商检证、进料/来料加工核销本、索赔/返修协议、关封、到付保函等。

Shipper(发货人)			×××物流有限公司		
Tel:	Fax:		**货物托运单** **Shipper Order**		
Consignee(收货人)			地址:深圳市福田保税区××物流中心大厦 <u>Tel:12345678 Fax: 12345678</u>		正佳物流 excellence
Notify Party(通知人)					
Pre-carriage by(前程运输)	Place of Receipt(收货地点)		Freight Approved by Marketing Dept(市场部确认运价)		
O Vsl(船名)/Voy(航次)	Port of Loading(装货港)		(USD2150+O+B+C)*2+D		
Port of Discharging(卸货港)	Port of Delivery(交付地)		□FREIGHT PREPAID(预付)		□FREIGHT COLLECT(到付)
Mark & No. (标记与号码)	No. and Kind of Package & Description Goods (件数及包装种类与货名)		Gross Weight(kg) 毛重(公斤)		Measurement(cbm) 尺码(立方米)

Total Cntrs Type/Size（总箱数/箱型）	□ X20GP	□ X40GP	□ X40HQ	□ 散货	□ 其他
Service Type of Delivery(交付条款)	□CY-CY	□CY-DOOR	□DOOR-CY	□DOOR-DOOR	□CY-FO □CY-LO

Add/Tel/Pic if require to Arrange Haulage（如需安排拖车,地址/电话/联系人）

B/L Issued(签发提单)	□ House B/L货代单	□Ocean B/L海运单		□Telex Release电放
托运条款: 1.托运单将作为缮制提单的依据,请托运人按运输条款惯例及有关责任要求正确填写(请打印); 2.因托运单填写错误或资料不全引起的货物不能及时出运、运错目的地、提单错误不能结汇、不能提货等而产生的一切责任、风险、纠纷、费用等概由托运人承担; 3.托运人必须认真准确填写预/到付付款方式以及各项费用明细,订舱一经确认,除非托运人特殊原因,否则将不再接受对费用的更改; 4.托运单内容必须填齐并由经办人签名加盖公司印章方为有效。		Refer Goods(冷藏货)	Temperature Required(所需温度)	
		Dangerous Goods & IMDG Code/Class(危险品货及代码/类别)		
		签名/盖章		
		托运日期:		

图 9-1 国际货物托运书(样单)

执行任务 9.3：预配舱、预订舱。

过 程 指 导

（1）代理人汇总所接受的委托和客户的预报，按照客户的要求和货物情况，根据各航空公司不同机型对不同板箱的重量和高度要求，制订预配方案，并对每票货配上运单号。

（2）根据所制订的预配方案，按航班、日期打印出总运单号、件数、重量、体积，向航空公司订舱。

执行任务 9.4：

（1）货运代理接收托运人或其他代理人送交的已经审核确认的托运书及报关单证和收货凭证，将计算机中的收货记录与收货凭证核对。

（2）制作操作交接单，填上所收到的各种报关单证份数，给每份交接单配一份总运单或分运单。

执行任务 9.5：填制货运单。

过 程 指 导

货运单包括主运单和分运单两种。如果所托运货物是直接发送给国外收货人的单票托运物，填写航空公司运单即可。如果货物属于以国外代理人为收货人的集中托运货物，必须先为每票货物填写航空货运代理公司的分运单，然后再填写航空公司的主运单，以便国外代理对总运单下的各票货物进行分拨。

执行任务 9.6：接收货物。

执行任务 9.7：了解标记和标签。

过 程 指 导

（1）标记包括：托运人及收货人的姓名、地址、联系电话、传真、合同号、操作（运输）注意事项，单件超过 150kg 的货物。

（2）航空公司标签上的前三位阿拉伯数字是所承运航空公司的代号，后几位阿拉伯数字是总运单号码。分标签是代理公司对出具分标签的标志，分标签上应有分运单号码和货物到达城市或机场的三字代码。

标签实样如图 9-2 所示。

执行任务 9.8：配舱。

图 9-2

执行任务 9.9：订舱。

执行任务 9.10：出口报关。

执行任务 9.11：进仓单交给出口仓库，用于出库计划，出库时点数并向集装板、箱交接。

过 程 指 导

出仓单，包括出仓单的日期、承运航班的日期、装载板、箱形式及数量、货物进仓顺序编号、总运单号、件数、重量、体积、目的地三字代码和备注等。

执行任务 9.12：提板、箱装货。

执行任务 9.13：签单。

执行任务 9.14：交接、交单、交货。

过 程 指 导

交接是向航空公司交单交货，由航空公司安排航空运输。

交单就是将随机单据和应由承运人留存的单据交给航空公司。随机单据包括第二联航空运单正本、发票、装箱单、产地证明、品质鉴定证书。

交货即把与单据相符的货物交给航空公司。交货前必须粘贴或拴挂货物标签，清点和核对货物，填制货物交接清单。大宗货、集中托运货以整板、整箱称重交接。

执行任务 9.15：航班跟踪。

执行任务 9.16：信息服务。

执行任务 9.17：费用结算。

过 程 指 导

在出口货运操作中,货运代理公司要同发货人、承运人和国外代理人三方面进行费用结算。货运代理与发货人结算的费用主要是预付运费、地面运输费和各种服务费、手续费;与承运人结算的费用主要是航空运费、代理费及代理佣金;与国外代理人的结算主要涉及运费和利润分成。

▲ 成果展示

根据航空出港货运代理任务,学生展示出港货运代理结果,并提交相关单据。其中,单据主要包括分运单、主运单及集中托运货物舱单。

1. **分运单**(House Air Waybill,HAWB)

分运单是由空运代理人签发的航空货物运单。航空代理人在收到托运货物后,必须向托运人签发此航空货物运单,表明代理人或代表承运人收到货物,并开始承担运输责任。

2. **主运单**(Master Air Waybill,MAWB)

主运单是由空运承运人向集中托运商签发的航空货物运单。主运单中的发货人和收货人应分别填写为集中托运商和分拨商。

3. **集中托运货物舱单**(Manifest)

集中托运货物舱单是载明各票货物相关信息的货物清单。将其附在主运单背面,并在主运单正面的“品名”一栏中注明“集中托运货物的相关信息见附带的舱单”。

▲ 实训评价

学生通过和老师进行专业交谈,思考哪些由于操作失误造成的缺陷应重新处理,以后如何避免这些问题。

老师对任务以及学生的实训结果进行评分,同时将评分结果记录到实训考核评价表中,如表9-3所示。

表9-3 航空出港货运代理作业实训考核评价表

考核要素	评 价 标 准	分值/分	评分/分		
			自评(20%)	小组(30%)	教师(50%)
航空出港货运代理作业实训	航空出港货运代理任务分配正确	20			
	航空出港货运代理处理得当	20			
	单据齐全,填写规范	20			
	整个操作熟练、有序	20			
	实训手册填写规范全面	20			
	评价人签名				
	合　计				
评语					
			教师: 年　月　日		

▲ 技能拓展训练

【训练】 出港货运代理综合训练

（1）训练目标

① 熟悉出口货运代理流程。

② 掌握出口货运代理技能。

（2）训练要求

① 结合出港货运代理的步骤，分组设定情境，形成具体任务，并完成下面的"阀门"的出口业务。

② 结合下面的案例，分组进行描述，并提交实训报告。

中国 EMM 公司生产的水泵阀门出口到世界各地。2010 年 8 月，该公司与阿联酋 SAM 公司签订了一批阀门的出口合同，SAN 公司于 2010 年 8 月 28 日开具了信用证。

出口合同的有关信息如表 9-4 所示。

表 9-4　出口合同的有关信息

托运人	EMM COMPANY	经营单位	SAM COMPANY
代理名称	SINOTANS	目的港代理	DASKATRAN
运输工具名称	CA1808	始发站	SHANGHAI
到达站	DUBAI	提单号	888—898666
成交方式	CIP	尺码	92CBM
合同号	07—208	信用证号	LD123
起运地	SHANGHAI	到达口岸	迪拜
货名	VALVE	唛头	SAM
件数	88CTNS	净重	1800kg
毛重	2000kg	单价	2000USD
总价	6000USD	分单重量	1820kg
分单件数	5250	分运单	

（3）过程评价

技能拓展训练过程评价表如表 9-5 所示。

（4）考核评价

本任务的考核评价表如表 9-6 所示。

表 9-5 航空出港货物货运代理技能拓展训练过程评价表

技能拓展训练模块名称							
班级			姓名			组号	
过程评价(组内)				小结、展示与交流评价(组内、组间)			
60分		分值/分	自评/分	20分+20分		分值/分	自评/分	互评/分
信息	信息获取	4		工作小结	工作流程	5		
	任务分析	3			格式规范	3		
计划决策	规划分工	3			言辞表达	4		
	计划合理	4			思路清晰	4		
	方案特色	3			小组特色	4		
	积极参与	4						
实施	工作态度	3		成果展示交流	项目描述	2		
	协作精神	4			效果处理	2		
	工作文件	4			项目展示	3		
	工作质量	4			规划分工	2		
	问题解决	4			沟通交流	3		
	团队合作	4			应变能力	3		
检查	工作有序	4			接受批评	3		
	复杂程度	4			提出建议	2		
	合作意识	4		加分				
	完成情况	4						
合计				合计				
权重				权重				
总 计								
上课日期				指导教师签字				

表 9-6 航空出港货物货运代理操作能力评分表

考评组		时间	
考评内容	考核标准	分值/分	实际得分/分
航空出港货物货运代理实训	出港货运代理任务设定正确	30	
	出港货运代理操作步骤合理	30	
	出港货运代理步骤执行正确	40	
总分			
签字(本组成员)			

任务十
航空进港货物货运代理操作实训

▲ 实训目标

　　(1) 熟悉代理进港货物业务流程；
　　(2) 明确货物进港过程中各环节的具体操作。

▲ 情景设置

　　中国外运发展公司于 2004 年 3 月接到江苏苏塞斯公司的委托，要求为其代理从日本进口的一批 SONY BRAND COLOR TV SET 的进港业务。项目的有关资料数据如下：

托运人	SUMITOMO	收货人	江苏苏塞斯公司 JIANGSUSUCCESS COMPANY
提运单号	999—82932511	运输方式	航空
运输工具	CA1508	包装种类	纸箱
合同号	04JSSC1010	成交方式	CIP
件数	70CTNS	起运国	日本
境内目的地	江苏	卸运港	SHANGHAI PVG AIRPORT
装运港	JAPAN NARITA AIRPORT	唛头	Sumit In Triangle
货名	SONY BRAND COLOR TV SET	进口口岸	上海浦东机场海关
毛重	1050kg	净重	700kg

▲ 实训地点

物流实训室

▲ 实训步骤

第一步　发放工作任务书

工作任务书主要包括任务目标、任务描述和工作成果等内容，如表 10-1 所示。

表 10-1　航空进港货物货运代理工作任务书

工作任务				总学时	
班级		组长		组员	
任务目标					
任务描述					
相关资料及资源					
工作成果					
注意事项					

第二步　任务分配

对任务进行分解，并根据任务目标，对学生进行任务分配，具体如表 10-2 所示。

表 10-2　航空进港货物货运代理任务分配表

任 务 分 解	学生角色分配
代理预报	作业组共_____人，其中： 出口地货运代理公司_____人： 收货人_____人： 目的地货运代理公司_____人： 其他：
交接单、货	作业组共_____人，其中： 代理人_____人： 航空或机场监管仓库_____人： 航空公司_____人： 海关_____人： 其他：

任 务 分 解	学生角色分配
理单与到货通知	作业组共_____人,其中: 代理人_____人: 航空公司_____人: 其他:
理货与仓储	作业组共_____人,其中: 代理人_____人: 航空公司_____人: 其他:
制单、报关	作业组共_____人,其中: 代理人_____人: 货主_____人: 海关_____人: 其他:
收费、发货	作业组共_____人,其中: 代理人_____人: 航空公司_____人: 海关_____人: 货主_____人: 其他:
退单	作业组共_____人,其中: 代理人_____人: 收货人_____人: 其他:

第三步　任务说明

根据任务分配表,具体说明如下。

任务 10.1:代理预报

(1) 出口地货运代理公司将运单、航班、件数、重量、品名、实际收货人及其地址、联系电话等内容通过传真或 E-mail 发给目的地代理公司。

(2) 代理公司收到预报后,应及时做好接货前的所有准备工作。

任务 10.2:交接单、货

(1) 货物卸下后,存入监管仓库,进行进口货物舱单录入。

(2) 根据运单上的收货人及地址寄发取单、提货通知。

(3) 航空公司的地面代理向货运代理公司交接的主要有国际货物交接清单、总运单、随机文件、货物。

任务 10.3:理单与到货通知

将集中托运进口的每票总运单下的分运单分理出来,审核与到货情况是否一致,并制成清单输入计算机系统。

任务 10.4：理货与仓储

（1）理货

① 逐一核对每票件数，再次检查货物破损情况。

② 按大货、小货、重货、轻货、单票货、混载货、危险品、贵重品、冷藏品分别堆存、进仓。

③ 登记每票货储存区号，并输入计算机。

（2）仓储

注意防雨、防潮、防重压、防变形、防变质、防暴晒，独立设危险品仓库。

任务 10.5：制单、报关

（1）了解制单、报关、运输的形式。

（2）制作"进口货物报关单"。

（3）熟悉进口报关的环节。

（4）掌握所填制的有关单证情况。

任务 10.6：收费、发货

（1）掌握收费的内容。

（2）办完报关、报检等手续后，货主凭单付费提货。

任务 10.7：业务收尾——退单

（1）货运代理将盖有海关放行章的海关证明联退还给收货人。

（2）收货人凭盖有海关放行章的报关单和核销单办理银行付汇手续。

第四步　教师演示

演示 10.1：教师演示代理预报过程。

演示 10.2：教师演示交接单、货过程。

演示 10.3：教师演示理单与到货通知过程。

演示 10.4：教师演示理货与仓储过程。

演示 10.5：教师演示制单与报关过程。

演示 10.6：教师演示收费、发货过程。

演示 10.7：教师演示退单过程。

第五步　学生执行任务

学生分组轮训，模拟进港货运代理岗位，练习对货物进港进行货运代理处理。

执行任务 10.1：代理预报。

过 程 指 导

日本 SUMITOMO 公司在发货之前，由日本货运代理公司将这批货的总运单、分运单、空运货运舱单、商业发票等内容发送给目的地代理公司——中国外运发展公司。中国外运发展公司收到预报后，应及时做好接货前的所有准备工作。

执行任务 10.2：

（1）货物卸下后，存入航空或机场的监管仓库，进行进口货物舱单录入，将舱单上信息传输给海关留存，供报关用。

（2）根据运单上的收货人及地址邮寄取单和提货通知。

过 程 指 导

若运单上的收货人或通知人为某航空货运代理公司，则把运输单据及与之相关的货物交给该航空货运代理公司。

航空公司的地面代理与货运代理公司交接时要做到单、单核对，即交接清单与总运单核对；单、货核对，即交接清单与货物核对。

执行任务 10.3：

（1）将集中托运进口的每票总运单下的分运单分理出来，审核与到货情况是否一致，并制成清单输入计算机系统，以供按分运单分别报关、报验、提货之用。

（2）尽早、尽快地通知收货人到货情况，提请收货人配齐有关单证，尽快报关。

过 程 指 导

中国外运发展公司要打印货物到达清单，并制作、填写到货通知书通知货主江苏苏塞斯公司到货情况。

执行任务 10.4： 理货与仓储。

执行任务 10.5： 制单、报关。

过 程 指 导

制单、报关、运输的形式主要有以下五种：

（1）货运代理公司代办制单、报关、运输；

（2）货主自行办理制单、报关、运输；

（3）货运代理公司代办理制单、报关，货主自办运输；

（4）货主自行办理制单、报关后，委托货运代理公司运输；

（5）货运代理主办制单，委托货运代理公司报关和办理运输。

制单指按海关要求，依据运单、商业发票、装箱单及证明货物合法进口的有关批准文件，制作"进口货物报关单"（见图 10-1）。

中华人民共和国海关进口货物报关单

预录入编号： 　　　　　　海关编号：

进口口岸		备案号	进口日期		申报日期
经营单位		运输方式	运输工具名称		提运单号
收货单位		贸易方式	征免性质		征税比例
许可证号	起运国（地区）		装货港	境内目的地	
批准文号	成交方式	运费	保费	杂费	
合同协议号	件数	包装种类	毛重(kg)	净重(kg)	
集装箱号	随附单据			用途	
标记唛码及备注					

项号	商品编号	商品名称、规格型号	数量及单位	原产国（地区）单价	总价	币制	征免

税费征收情况：

录入员　　录入单位	兹声明以上申报无讹并承担法律责任	海关审单批注及放行日期（签章）	
报关员		审单	审价
单位地址	申报单位（签章）	征税	统计
邮编　　电话	填制日期	查验	放行

图 10-1　进口货物报关单（样单）

（1）进口报关。

（2）了解所填制的有关单证情况。

过 程 指 导

进口报关是进口运输中关键的环节。报关程序大致可分为初审、审单、征税、验放四个主要环节。

本案例为货运代理中国外运发展公司代办制单、报关。

执行任务 10.6：收费、发货。

过 程 指 导

货运代理公司仓库在发放货物前，一般先将费用收妥。收费内容有：到付运费及垫付佣金；单证、报关费；仓储费；装卸、铲车费；航空公司到港仓储费；海关预录入、动植物报检，卫生检疫报检等代收代付费；关税及垫付佣金。

办完报关、报检等手续后，货主须凭盖有海关放行章、动植物报检章、卫生检疫报检章的进口提货单到所属监管仓库付费提货。

执行任务 10.7：退单。

▲ 成果展示

根据进港货运代理任务，学生展示操作结果。并提交相关单据。

▲ 实训评价

学生通过和老师进行专业交谈，思考哪些由于操作失误造成的缺陷应重新处理，以后如何避免这些问题。

老师对任务以及学生的实训结果进行评分，同时将评分结果记录到实训考核评价表中，如表 10-3 所示。

表 10-3　航空进港货运代理作业实训考核评价表

考核要素	评价标准	分值/分	评分/分		
			自评(20%)	小组(30%)	教师(50%)
航空进港货运代理作业实训	进港货运代理任务分析正确	20			
	进港货运代理任务执行得当	20			
	单据齐全，填写规范	20			

续表

考核要素	评价标准	分值/分	评分/分		
			自评（20%）	小组（30%）	教师（50%）
航空进港货运代理作业实训	整个操作熟练、有序	20			
	实训手册填写规范全面	20			
评价人签名					
合　计					

评语

教师：
年　月　日

▲ 技能拓展训练

【训练】 进港货运代理综合训练

（1）训练目标

① 熟悉进港货运代理操作流程。

② 掌握进港货运代理技能。

（2）训练要求

① 结合进港货运代理的步骤，分组设定进港货运代理情境，形成具体任务，并完成下面的案例。

② 结合设定情境，分组进行描述，并提交实训报告。

上海大成公司从美国 ABC 公司进口一批 BS 电机。合同号为 DCO6008，数量为100 台，件数为 100 件，毛重为 3000kg，净重为 2800kg，提单号为 88—898989，唛头为DCBS，装运港为纽约，到达港为上海。

项目的有关资料数据如下：

托运人	上海大成公司（SHANGHAI DACHENG CORPORATION）	收货人	上海大成公司（SHANGHAI DACHENG CORPORATION）
提运单号	88—898989	运输方式	航空
运输工具	CA1508	包装种类	纸箱
合同号	DCO6008	成交方式	CIP
件数	100CTNS	起运国	美国
境内目的地	上海	卸运港	SHANGHAI PVG
装运港	NEW YORK	唛头	DCBS
货名	BS 电机	进口口岸	上海浦东机场海关
毛重	3000kg	净重	2800kg

填写如表10-4所示的工作任务书。

表 10-4　航空进港货物货运代理工作任务书

工作任务					总学时	
班级		组长		组员		
任务目标						
任务描述						
相关资料及资源						
工作成果						
注意事项						

（3）过程评价

技能拓展训练过程评价表如表10-5所示。

表 10-5　航空进港货物货运代理技能拓展训练过程评价表

技能拓展训练模块名称							
班级			姓名			组号	
过程评价（组内）				小结、展示与交流评价（组内、组间）			
60分		分值/分	自评/分	20分＋20分	分值/分	自评/分	互评/分
信息	信息获取	4		工作小结	工作流程	5		
	任务分析	3			格式规范	3		
计划决策	规划分工	3			言辞表达	4		
	计划合理	4			思路清晰	4		
	方案特色	3			小组特色	4		
	积极参与	4						
实施	工作态度	3		成果展示交流	项目描述	2		
	协作精神	4			效果处理	2		
	工作文件	4			项目展示	3		
	工作质量	4			规划分工	2		
	问题解决	4			沟通交流	3		
	团队合作	4			应变能力	3		
检查	工作有序	4			接受批评	3		
	复杂程度	4			提出建议	2		
	合作意识	4		加分				
	完成情况	4						
合计				合计				
权重				权重				
总　计							
上课日期			指导教师签字				

（4）考核评价

本任务的考核评价表如表10-6所示。

表 10-6 航空进港货物货运代理操作能力评分表

考评组		时间	
考评内容	考 核 标 准	分值/分	实际得分/分
航空进港货物货运代理实训	进港货运代理任务设定正确	30	
	进港货运代理操作合理	30	
	进港货运代理操作步骤执行正确	40	
总分			
签字（本组成员）			

任务十一
航空公司出港货运业务操作实训

▲ 实训目标

(1) 熟悉航空公司出港操作流程;

(2) 能够熟练操作航空公司出港货运业务;

(3) 能够按照业务要求正确填写各相关单据。

▲ 情景设置

北京腾飞国际货运代理公司于 2011 年 1 月接到某家贸易公司的委托,要求为其代理出口的一批服装办理出港业务。此批服装共有 200 袋,15000kg,占 48m³ 的容积,装运空港为北京首都国际机场,进口空港为日本成田国际机场。

完成此批服装的出港业务操作。

▲ 实训地点

物流实训室

▲ 实训步骤

第一步　发放工作任务书

工作任务书主要包括任务目标、任务描述和工作成果等内容,如表 11-1 所示。

表 11-1 航空公司出港货运业务操作工作任务书

工作任务					总学时	
班级		组长		组员		
任务目标						
任务描述						
相关资料及资源						
工作成果						
注意事项						

第二步 任务分配

对任务进行分解，并根据任务目标，对学生进行任务分配，具体如表 11-2 所示。

表 11-2 航空公司出港货运业务操作任务分配表

任 务 分 解	学生角色分配
预审舱单	作业组共_____人,其中: 航空公司_____人: 代理人_____人: 其他:
整理单据	作业组共_____人,其中: 航空公司_____人: 其他:
发放舱位确认书	作业组共_____人,其中: 航空公司_____人: 代理人_____人: 其他:
预配载	作业组共_____人,其中: 航空公司_____人: 其他:
发送板箱领用单	作业组共_____人,其中: 航空公司_____人: 代理人_____人: 其他:

任 务 分 解	学生角色分配
签发板箱领用单	作业组共_____人，其中： 航空公司_____人： 代理人_____人： 其他：
发放集装板、集装箱	作业组共_____人，其中： 航空公司_____人： 代理人_____人： 其他：
过磅入站	作业组共_____人，其中： 航空公司_____人： 其他：
配载	作业组共_____人，其中： 航空公司_____人： 代理人_____人： 其他：
装货	作业组共_____人，其中： 航空公司_____人： 代理人_____人： 其他：
出港	作业组共_____人，其中： 航空公司_____人： 代理人_____人： 接货人_____人： 其他：

第三步　任务说明

根据任务分解，具体说明如下。

任务 11.1：预审舱单

(1) 预审国际货物订舱单(CBA)。

(2) 预审总货舱位；

(3) 预审邮件舱位；

(4) 预审行李舱位订舱。

任务 11.2：整理单据

(1) 整理已入库的大货单据；

(2) 整理现场收运货物单据；

(3) 整理中转联程货单据；

(4) 整理邮件路单。

任务 11.3：发送舱位确认书。

任务 11.4：预配载。

任务 11.5：发送板箱领用单。

任务 11.6：签发板箱领用单。

任务 11.7：发放集装板、集装箱。

任务 11.8：过磅入站。

(1) 输入板箱号、航班日期、实际重量、实际体积；配载工作全部完成后，制作平衡交接单。

(2) 过磅和入站。

任务 11.9：配载。

任务 11.10：装货。

任务 11.11：出港。

(1) 制作平衡交接单。

(2) 制作舱单。

第四步　教师演示

演示 11.1：教师演示预审舱单过程。

演示 11.2：教师演示整理单据过程。

演示 11.3：教师演示发送舱位确认书过程。

演示 11.4：教师演示预配载过程。

演示 11.5：教师演示发送板箱领用单过程。

演示 11.6：教师演示签发板箱领用单过程。

演示 11.7：教师演示发放集装板、集装箱过程。

演示 11.8：教师演示过磅入站过程。

演示 11.9：教师演示配载过程。

演示 11.10：教师演示装货过程。

演示 11.11：教师演示出港过程。

第五步　学生执行任务

学生分组轮训，模拟航空公司岗位，练习航空公司出港货物运输处理。

执行任务 11.1：了解相关航线上待运货物情况，结合国际货物订舱单，及时发现有无超订情况，如有疑问，及时向吨控部门了解。

过 程 指 导

(1) 根据 CBA，了解旅客人数、货邮订舱情况、有无特殊货物等。对经停的国际航班，需了解前后站的旅客人数、舱位利用情况等。

(2) 估算本航班最大可利用货邮业载和舱位。

货邮业载＝商务业载－行李重量货邮舱位＝总货舱位－行李舱位

(3) 预划平衡。根据订舱情况，旅客人数及前、后舱分布，对飞机做到心中有数，如有问题，可在预配货物时及时调整。

执行任务 11.2：

(1) 检查已入库的大货的单据。

> ### 过 程 指 导
>
> (1) 检查入库通知单、交接清单(板箱号、高低板标志、重量及组装情况)是否清楚完整,运单是否和交接单一致。
>
> (2) 根据代理人提供的报关单、货物清单对运单进行审核,主要查看货物品名、件数、重量、运价和海关放行章,对化工产品要求提供化工部门非危险品证明。

(2) 根据代理提供的报关单、货物清单对运单进行审核,主要查看货物品名、件数、重量、运价及海关放行章,对化工产品要求提供化工部非危险品证明。

(3) 整理运单,询问货物到达情况及所在仓库区位;寻找并清点货物,决定组装方式。

执行任务 11.3：货运代理公司订舱时,可依照发货人的要求选择最佳的航线和最佳的承运人,同时为发货人争取最低、最合理的运价。订舱后,航空公司签发舱位确认书(舱单),同时给予装货集器领取凭证,以表示舱位订妥。

执行任务 11.4：预配载。

执行任务 11.5：发送板箱领用单。

执行任务 11.6：签发板箱领用单。

执行任务 11.7：发放集装板、集装箱。

执行任务 11.8：

(1) 检查货物板、箱组装情况,及高度、收口等是否符合规定。

(2) 将货物送至电子磅,记录重量,并悬挂吊牌。

(3) 对装有轻泡货物的板箱,查看运单,做好体积记录。

(4) 在计算机中输入板箱号码、航班日期等,将货物码放在货架上。

执行任务 11.9：

(1) 正式配载。

(2) 交接单据。

执行任务 11.10：装货。

(1) 核对运单和货物。

> ### 过 程 指 导
>
> (1) 制作舱单;
>
> (2) 对航班所配货物的运单整理核对;
>
> (3) 将运单和货物组装情况输入计算机。

（2）装入飞机。

（3）出港。

执行任务 11.11：出港。

（1）在运单上标出每票货的去向；

（2）整理特种货物收运单；

（3）整理货物到达通知；

（4）整理运输事故记录；

（5）非正常事故查询；

（6）电报查询；

（7）追踪查询；

（8）资料存档。

空运货物出口业务操作流程如图 11-1 所示。

▲ 成果展示

根据空运货物出口运输任务，学生展示作业处理结果，并提交相关单据。

▲ 实训评价

学生通过和老师进行专业交谈，思考哪些由于操作失误造成的缺陷应重新处理，以后如何避免这些问题。

老师对任务以及学生的实训结果进行评分，同时将评分结果记录到实训考核评价表中，如表 11-3 所示。

表 11-3　航空公司出港货运业务操作实训考核评价表

考核要素	评价标准	分值/分	评分/分		
			自评（20%）	小组（30%）	教师（50%）
航空公司出港货运业务操作实训	空运货物出港任务分解正确	20			
	货物出港处理得当	20			
	单据齐全，填写规范	20			
	整个操作熟练、有序	20			
	实训手册填写规范全面	20			
	评价人签名				
	合　计				

评语

教师：
年　月　日

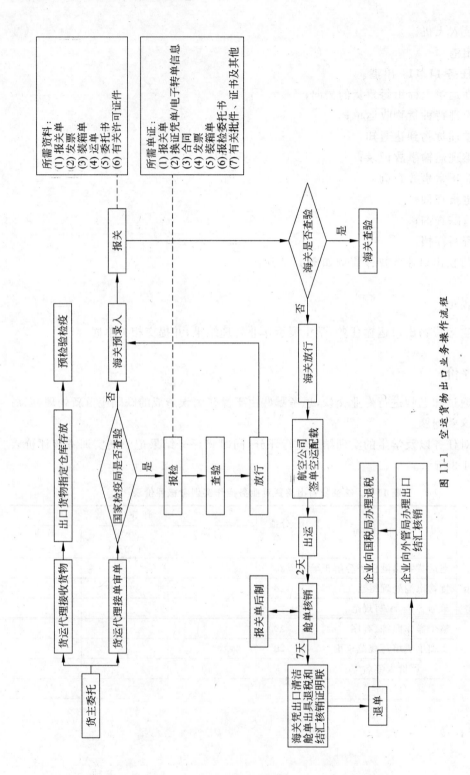

图 11-1 空运货物出口业务操作流程

所需资料：
(1) 报关单
(2) 发票
(3) 装箱单
(4) 运单
(5) 委托书
(6) 有关许可证件

所需单证：
(1) 报关单
(2) 换证凭单/电子转单信息
(3) 合同
(4) 发票
(5) 装箱单
(6) 报检委托书
(7) 有关批件、证书及其他

▲ 技能拓展训练

【训练】　空运货物出港综合训练

（1）训练目标

① 熟悉空运货物出港流程。

② 掌握空运货物出港技能。

（2）训练要求

完成填充玩具航空公司出港业务操作。

中国翔飞外运发展公司于 2010 年 3 月接到江苏无锡江南轻工业品公司的委托，要求为其代理向美国第一贸易公司（NO. 1 Trading Company）出口的一批填充玩具的出港业务。

江南轻工业品公司向第一贸易公司出口的填充玩具的销售合同号为 10JSSC1010，件数为 988 件，毛重为 12475kg，提单号为 LT3464，运输工具为 CA1508，唛头为 Sumit In Triangle，装运空港为上海浦东机场海关，进口空港为美国华盛顿里根机场。

填写如表 11-4 所示工作任务书。

表 11-4　空运货物出港工作任务书

工作任务				总学时	
班级		组长		组员	
任务目标					
任务描述					
相关资料及资源					
工作成果					
注意事项					

（3）过程评价

技能拓展训练过程评价表如表 11-5 所示。

表 11-5 空运货物出港技能拓展训练过程评价表

技能拓展训练模块名称							
班级			姓名			组号	
过程评价(组内)				小结、展示与交流评价(组内、组间)			
60分		分值/分	自评/分	20分+20分		分值/分	自评/分	互评/分
信息	信息获取	4		工作小结	工作流程	5		
	任务分析	3			格式规范	3		
计划决策	规划分工	3			言辞表达	4		
	计划合理	4			思路清晰	4		
	方案特色	3			小组特色	4		
	积极参与	4						
实施	工作态度	3		成果展示交流	项目描述	2		
	协作精神	4			效果处理	2		
	工作文件	4			项目展示	3		
	工作质量	4			规划分工	2		
	问题解决	4			沟通交流	3		
	团队合作	4			应变能力	3		
检查	工作有序	4			接受批评	3		
	复杂程度	4			提出建议	2		
	合作意识	4		加分				
	完成情况	4						
合计				合计				
权重				权重				
总　计								
上课日期				指导教师签字				

(4)考核评价

本任务的考核评价表如表 11-6 所示。

表 11-6 航空公司货物出口业务操作能力评分表

考评组		时间		
考评内容	考 核 标 准	分值/分	实际得分/分	
航空公司货物出口业务操作	角色设定正确	30		
	出港步骤合理	30		
	出港作业执行正确	40		
总分				
签字(本组成员)				

附录

各类型单据

附录 A　出口货物报关单

中华人民共和国海关出口货物报关单

预录入编号：　　　　　　　　　　　　　　海关编码：

出口口岸		备案号		出口日期		申报日期
经营单位		运输方式		运输工具名称		提运单号
发货单位		贸易方式		征免性质		结汇方式
许可证号	运抵国(地区)		指运港			境内货源地
批准文号	成交方式	运费		保费		杂费
合同协议号	件数	包装种类		毛重(kg)		净重(kg)
集装箱号	随附单据					生产厂家

标记唛码及备注

项号	商品编号	商品名称、规格型号	数量及单位	最终目的国(地区)	单价	总价	币制	征免

税费征收情况

录入员　　　　　录入单位	兹声明以上申报无讹并承担法律责任	海关审单批注及放行日期(盖章)
报关员		审单　　　　审价
单位地址　　　　申报单位(签章)		征税　　　　统计

附录 B 出口货物订舱委托书

公司编号   日期

1) 发货人	4) 信用证号码	
	5) 开证银行	
	6) 合同号码	7) 成交金额
	8) 装运口岸	9) 目的港
2) 收货人	10) 转船运输	11) 分批装运
	12) 信用证效期	13) 装船期限
	14) 运费	15) 成交条件
	16) 公司联系人	17) 电话/传真
3) 通知人	18) 公司开户行	19) 银行账号
	20) 特别要求	

21) 标记唛码 22) 货号规格 23) 包装件数 24) 毛重 25) 净重 26) 数量 27) 单价 28) 总价
29) 总件数 30) 总毛重 31) 总净重 32) 总尺码   33) 总金额

34) 备注

附录 C   汇票

BILL OF EXCHANGE

No.＿＿＿＿＿＿＿＿＿＿＿

For ＿＿＿＿＿＿＿＿＿＿＿   ＿＿＿＿＿＿＿＿＿＿＿＿＿＿＿
      (amount in figure)　　　　　　(place and date of issue)

At ＿＿＿＿＿＿＿ sight of this   **FIRST**   Bill of exchange(**SECOND being unpaid**)

pay to ＿＿＿＿＿＿＿＿＿＿＿＿＿＿＿＿＿＿＿＿＿＿or order the sum of

＿＿＿＿＿＿＿＿＿＿＿＿＿＿＿＿＿＿＿＿＿＿＿＿＿＿＿＿＿＿＿＿＿＿
      (amount in words)

Value received for ＿＿＿＿＿＿＿   of ＿＿＿＿＿＿＿＿＿＿＿
          (quantity)　　　　　(name of commodity)

Drawn under ＿＿＿＿＿＿＿＿＿＿＿＿＿＿＿＿＿＿＿＿＿＿＿＿＿＿

L/C No. ＿＿＿＿＿＿＿＿＿＿＿＿＿＿ dated ＿＿＿＿＿＿＿＿＿＿

To：   For and on behalf of

                         ＿＿＿＿＿＿＿＿＿＿＿＿
                             (Signature)

BILL OF EXCHANGE

No.＿＿＿＿＿＿＿＿＿＿＿

For ＿＿＿＿＿＿＿＿＿＿＿   ＿＿＿＿＿＿＿＿＿＿＿＿＿＿＿
      (amount in figure)　　　　　　(place and date of issue)

At ＿＿＿＿＿＿＿ sight of this   **SECOND**   Bill of exchange(**FIRST being unpaid**)

pay to ＿＿＿＿＿＿＿＿＿＿＿＿＿＿＿＿＿＿＿＿＿＿or order the sum of

＿＿＿＿＿＿＿＿＿＿＿＿＿＿＿＿＿＿＿＿＿＿＿＿＿＿＿＿＿＿＿＿＿＿
      (amount in words)

Value received for ＿＿＿＿＿＿＿   of ＿＿＿＿＿＿＿＿＿＿＿
          (quantity)　　　　　(name of commodity)

Drawn under ＿＿＿＿＿＿＿＿＿＿＿＿＿＿＿＿＿＿＿＿＿＿＿＿＿＿

L/C No. ＿＿＿＿＿＿＿＿＿＿＿＿＿＿ dated ＿＿＿＿＿＿＿＿＿＿

To：   For and on behalf of

                         ＿＿＿＿＿＿＿＿＿＿＿＿
                             (Signature)

附录 D 原产地证明书样本一

ORIGINAL

1. Goods consigned from (Exporter's business name, address, country)	Reference No. **GENERALIZED SYSTEM OF PREFERENCES** **CERTIFICATE OF ORIGIN** (**Combined declaration and certificate**) **FORM A** **Issued in** THE PEOPLE'S REPUBLIC OF CHINA (country) See Notes overleaf
2. Goods consigned to (Consignee's name, address, country)	
3. Means of transport and route (as far as known)	4. For official use

5. Item number	6. Marks and numbers of packages	7. Number and kind of packages; description of goods	8. Origin criterion (see notes overleaf)	9. Gross weight or other quantity	10. Number and date of invoices

11. **Certification** It is hereby certified, on the basis of control carried out, that the declaration by the exporter is correct. **Shanghai** 刘影萍	12. **Declaration by the exporter** The undersigned hereby declares that the above details and statements are correct; that all the goods were produced in _____ (country) and that they comply with the origin requirements specified for those goods in the Generalized System of Preferences for goods exported to _____ (importing country)
Place and date. signature and stamp of certifying authority	Place and date. signature and stamp of certifying authority

附录 E　原产地证明书样本二

1. Exporter (full name and address)	Certificate No. **CERTIFICATE OF ORIGIN** **OF** **THE PEOPLE'S REPUBLIC OF CHINA**
2. Consignee (full name, address, country)	
3. Means of transport and route	5. For certifying authority use only
4. Destination port	

6. Marks and Numbers of packages	7. Description of goods: number and kind of packages	8. HS Code	9. Quantity or weight	10. Number and date of invoices

11. **Declaration by the exporter**	12. **Certification**
The undersigned hereby declares that the above details and statements are correct; that all the goods were produced in China and that they comply with the Rules of Origin of the People's Republic of China.	It is hereby certified that the declaration by the exporter is correct. Shanghai 李远达
Place and date. signature and stamp of certifying authority	Place and date. signature and stamp of certifying authority

China Council for the Promotion of International trade is China Chamber of International Commerce.

附录 F 检验证书样本

中华人民共和国上海进出口商品检验局
SHANGHAI IMPORT & EXPORT COMMODITY INSPECTION BUREAU
OF THE PEOPLE'S REPUBLIC OF CHINA

正 本
ORIGINAL

No.

地址：上海市中山东一路 13 号
Address：13. Zhongshan Road
　　　　（E.1.），Shanghai
电报：上海 2914
Cable：2914，SHANGHAI
电话 Tel：63211285

检 验 证 书
INSPECTION CERTIFICATE

日期 Date：_____

QUALITY

发 货 人：
Consignor _____

收 货 人：
Consignee _____

品　　名：
Commodity _____

标记及号码：
Marks & No. _____

报验数量/重量：
Quantity/Weight
Declare _____

检 验 结 果：
RESULTS OF INSPECTION：

We hereby certify that the goods are of the above-mentioned quantity and of sound quality.

主任检验员　李焕
Chief Inspector：

附录 G 商业发票

COMMERCIAL INVOICE

1) SELLER		3) INVOICE NO.	4) INVOICE DATE
		5) L/C NO.	6) DATE
		7) ISSUED BY	
2) BUYER		8) CONTRACT NO.	9) DATE
		10) FROM	11) TO
		12) SHIPPED BY	13) PRICE TERM

14) MARKS	15) DESCRIPTION OF GOODS	16) QTY	17) UNIT PRICE	18) AMOUNT

19) ISSUED BY

20) SIGNATURE

附录 H　海运出口货物投保单

海运出口货物投保单

1）保险人：　　　　　2）被保险人：

3）标记	4）包装及数量	5）保险货物项目	6）保险货物金额
7）总保险金额：（大写）			

8）运输工具：　　　　（船名）　　　（航次）

9）装运港：　　　　　　　　　　　10）目的港：

11）投保险别：　　　　　　　　　　12）货物起运日期：

13）投保日期：　　　　　　　　　　14）投保人签字：

附录Ⅰ 销售确认书

SALES CONFIRMATION

S/C No. : _____

Date: _____

The Seller: The Buyer:

Address: Address:

E-Mail: E-Mail:

Item No.	Commodity & Specifications	Unit	Quantity	Unit Price (US$)	Amount (US$)
TOTAL CONTRACT VALUE:					

PACKING:

PORT OF
LOADING &
DESTINATION:

TIME OF
SHIPMENT:

TERMS OF
PAYMENT:

INSURANCE:

REMARKS:

1. The buyer shall have the covering letter of credit reach the Seller 30 days before shipment, failing which the Seller reserves the right to rescind without further notice, or to regard as still valid whole or any part of this contract not fulfilled by the Buyer, or to lodge a claim for losses thus sustained, if any.

2. In case of any discrepancy in Quality/Quantity, claim should be filed by the Buyer within 130 days after the arrival of the goods at port of destination; while for quantity discrepancy, claim should be filed by the Buyer within 150 days after the arrival of the goods at port of destination.

3. For transactions concluded on C. I. F. basis, it is understood that the insurance amount will be for

110% of the invoice value against the risks specified in the Sales Confirmation. If additional insurance amount or coverage required, the Buyer must have the consent of the Seller before Shipment, and the additional premium is to be borne by the Buyer.

4. The Seller shall not hold liable for non-delivery or delay in delivery of the entire lot or a portion of the goods hereunder by reason of natural disasters, war or other causes of Force Majeure, However, the Seller shall notify the Buyer as soon as possible and furnish the Buyer within 15 days by registered airmail with a certificate issued by the China Council for the Promotion of International Trade attesting such event(s).

5. All deputies arising out of the performance of, or relating to this contract, shall be settled through negotiation. In case no settlement can be reached through negotiation, the case shall then be submitted to the China International Economic and Trade Arbitration Commission for arbitration in accordance with its arbitral rules. The arbitration shall take place in Shanghai. The arbitral award is final and binding upon both parties.

6. The Buyer is requested to sign and return one copy of this contract immediately after receipt of the same. Objection, if any, should be raised by the Buyer within 3 working days, otherwise it is understood that the Buyer has accepted the terms and conditions of this contract.

7. Special conditions: (These shall prevail over all printed terms in case of any conflict.)

Confirmed by:

    THE SELLER   THE BUYER

        (signature)   (signature)

附录 J 装箱单一

PACKING LIST

1) SELLER	3) INVOICE NO.		4) INVOICE DATE
	5) FROM	6) TO	
	7) TOTAL PACKAGES(IN WORDS)		
2) BUYER	8) MARKS & NOS.		

9) C/NOS.	10) NOS. & KINDS OF PKGS.	11) ITEM	12) QTY. (pcs.)	13) G.W. (kg)	14) N.W. (kg)	15) MEAS (m³)

16) ISSUED BY

17) SIGNATURE

附录 K 装箱单

装 箱 单
CONTAINER LOAD PLAN

			集装箱号 Container No.	集装箱规格 Type of Container: 20 40
船 名 Ocean Vessel	航 次 Voy. No.		铅封号 Seal No.	冷藏温度 Reefer. temp. Required ℉ ℃
箱 主 Owner	提前号码 B/L No.	收货地点 Place of Receipt □—场 CY □—站 CFS □—门 Door	1. 发货人 Shipper 2. 收货人 Consignee 3. 通知人 Notify	装货港 Port of Loading	卸货港 Port of Discharging	交货地点 Place of Delivery □—场 CY □—站 CFS □—门 Door

| 危险品要注明危险品标志及分类闪点 In case of dangerous goods, please enter the label classification and flash point of the goods. | 重新铅封号 New Seal No. 出 口 Export 进 口 Import | 底 Front — 门 Door 开封原因 Reason for breaking seat 堆场签收 Received by CY 驾驶员签收 Received by Drayman 货动站签收 Received by CFS 驾驶员签收 Received by Drayman | 标志和号码 Marks & Numbers | 件数及包装种类 No. & Kind of Pkgs. | 货 名 Description of Goods 总 件 数 Total Number of Packages 重量及尺码总计 Total Weight & Measurement | 重量(公斤) Weight kg 皮 重 Tare Weight 总 毛 重 Gross Weight |

装箱日期 Date of vanning: ......
装箱地点 at: ...... (地点及国名 Place & Country)

装箱人 Packed by:
发货人 货运站 (Shipper/CFS)

尺码(立方米) Measurement Cu. M.

发货人或货运站留存
1. SHIPPER/CFS
(1)一式十份 此栏每份不同

......(签署)Signed

123

附录 L 出口货物委托书

陆/海运出口货物委托书

信用证号：_____

合 同 号：_____   年   月   日   委托编号：_____

委托单位	中纺针棉毛织品进出口公司 CHINA TEX KNITWEAR AND MANUFACTURED GOODS IMPORT & EXPORT CORPORATION	船 名	
		提 单 名	
		装 船 期	
提单抬头	TO ORDER	结 汇 期	
被通知人 详细地址	正本：NOTIFY；	可否转船	
		可否分批	
	副本：	离岸价格	US $
		货证情况	
目的港 装货港：Hsinkang		随附单证	

运费支付：   提单份数：   正   副

唛 头：	件 数：	货 名：	毛 重：	体 积：

特殊条款		外运记载事项	配 单	
			初 审	
其他要求			制 单	
			审 核	

委托单位盖章：   制表：   复核：

附录 M 集装箱托运单

<table>
<tr><td colspan="2">▽
Shipper　　　　　（发货人）</td><td rowspan="7">D/R No.（编号）

集装箱托运单　　第
货主留底　　　　一
　　　　　　　　联</td></tr>
</table>

▽ Shipper （发货人）	D/R No.（编号）
	集装箱托运单　第 货主留底　　一 　　　　　联

Consignee　　　　（收货人）

Notify Party　　　（通知人）

Pre carriage by　（前程运输）　　　　Place of Receipt（收货地点）

Ocean vessel　　（船名）　　　Voy. No.（航次）　Port of Loading（装货港）

Port of Discharge　（卸货港）　　　Place of Delivery　（交货地点）　　Final Destination for
Merchant's Reference（目的地）

Particulars Furnished by Merchants

Container No. （集装箱号）	Seal No. （封志号） Marks & Nos. （标记与号码）	No. of containers or P'kgs.（箱数或 件数）	Kind of Packages：（包装种 Description of 类与货名） Goods	Gross Weight 毛重(kg)	Measurement 尺码(m³)

TOTAL NUMBER OF CONTAINERS
　OR PACKAGES(IN WORDS)
　集装箱数或件数合计（大写）

FREIGHT & CHARGES （运费与附加费）	Revenue Tons （运费吨）	Rate(运费率) Per(每)	Prepaid(运费预 付)	Collect(到付)

Ex Rate：（兑换率）	Prepaid at(预付地点)	Payable at(到付地点)	Place of Issue(签发地点)
	Total Prepaid(预付总额)	No of Original B(s)/L （正本提单份数）	

Service Type on Receiving □-CY，□-CFS，□-DOOR	Service Type on Delivery □-CY，□-CFS，□-DOOR	Reeter Temperature Required. （冷藏温度）	℉	℃
TYPE OF GOODS （种类）	□Ordinary，　□Reefer，　□Dangerous，　□Auto. （普通）　　（冷藏）　　（危险品）　　（裸装车辆） □Liquid，　□Live Animal，　□Bulk　　□ （液体）　　（活动物）　　（散货）	危险品	Glass： Property： IMDG Code Page： UN NO.		

可否转船：	可否分批：	
装　　期：	效　　期：	
金额：		
制单日期：		

附录 N 海运提单

Shipper		B/L No. FL5678
		FASTLINE
		COMBINED TRANSPORT BILL OF LADING
Consignee or order		Shipped in apparent good order and condition, unless otherwise stated herein, on board the ocean vessel named herein or on board a precarrying vessel or other means of transport (rail or truck) if the place of receipt is named herein the total number of Containers or pad cages or units enumerated below for Carriage from the Port of Lording named herein or place of receipt named herein, on a voyage as described and agreed by this Bill of Lading and discharge at the port of discharge named herein or delivery at the place of delivery if mentioned herein, such carriage, discharge or delivery being always subject to the exceptions, limitations, provisions, conditions and liberties herein after agreed, and whether written, print or stamped on the front or reverse hereof, in like good order and condition at the port of discharge or place of delivery if named as the case may be, for delivery unto the consignee mentioned herein or their assigns where the Carrier's responsibilities shall in all cases and all circumstances what so ever finally cease. One of the signed Bills of Lading must be surrendered duly endorsed in exchange for the Goods or delivery order.
Notify Party		

Pre-carriage by	Place of Receipt	
Ocean Vessel	Voyage No.	Issued to shipper the original Bs/l as indicated in box, each one being of the same contents and date, one of which being accomplished, the other(s) to stand null and void.
Port of Lording	Port of Discharge	

Final Destination:	No. of Originals:

Marks and Number	NUMBER AND KIND OF PACKAGE-DESCRIPTION OF GOODS	Gross Weight (kg)	Measurement (M3)

Date and Place of Issue

SIGNATURE:

参 考 文 献

[1] 丁俊发.中国物流[M].北京：中国物资出版社,2007.

[2] 牛鱼龙.海运货运代理实务案例[M].上海：同济大学出版社,2008.

[3] 中国船舶代理及无船承运人协会.国际船舶代理与无船承运业务实务[M].北京：中国海关出版社,2009.

[4] 赵宏.集装箱运输与海关监管[M].北京：中国海关出版社,2009.

[5] 杨鹏强.航空货运代理实务[M].北京：中国海关出版社,2010.

[6] 高明波.集装箱物流运输[M].北京：对外经贸大学出版社,2008.

[7] 肖林玲.国际货物运输代理[M].北京：高等教育出版社,2009.

[8] 傅龙海.进出口操作实务[M].北京：对外经贸大学出版社,2009.

[9] 吴国新,李元旭.国际贸易单证实务[M].北京：清华大学出版社,2008.

[10] 吕时礼.外贸单证实务[M].北京：高等教育出版社,2010.

[11] 蒋晓荣,何志华.国际货运与保险实务[M].北京：北京大学出版社,2006.

[12] 中国物流与采购联合会.中国物流发展报告(2005—2006)[M].北京：中国物资出版社,2006.

[13] 孙家庆,刘翠莲.港口物流理论与实务[M].北京：中国物资出版社,2010.

[14] 杨志刚,孙明.国际货运代理实务与法规[M].北京：化学工业出版社,2008.

[15] 周晶洁,周在青.货物学[M].北京：电子工业出版社,2006.

[16] 顾丽亚.国际多式联运实务[M].北京：人民交通出版社,2008.

[17] 顾丽亚.航空货运业务[M].上海：华东师范大学出版社,2007.

[18] 刘达芳.海关法教程[M].北京：中国海关出版社,2007.

[19] 谢国娥.海关报关实务[M].上海：华东理工大学出版社,2008.

[20] 操海国.报关原理与实务[M].合肥：中国科学技术大学出版社,2010.

[21] 张援越,王永红.报关原理与实务[M].3 版.天津：天津大学出版社,2010.

[22] 曲如晓.报关实务[M].北京：机械工业出版社,2010.

[23] 黄中鼎,颜逊.报关与报检实务[M].上海：上海财经大学出版社,2008.

[24] 顾晓滨.进出口报关业务基础与实务[M].上海：复旦大学出版社,2010.

[25] 温耀庆,鲁丹萍.商检与报关实务[M].北京：清华大学出版社,2007.

[26] 杨志刚.国际集装箱码头实务、法规与案例[M].北京：人民交通出版社,2009.

[27] 林益松,郑海棠.国际集装箱班轮运输实务[M].北京：中国海关出版社,2010.

[28] 苏顺虎.中国铁路集装箱运输发展研究与实践[M].北京：中国铁道出版社,2010.

[29] 陈心德.集装箱运输与国际多式联运管理[M].北京：清华大学出版社,2008.

[30] 马军功,王智强.国际船舶代理业务与国际集装箱货运代理业务[M].北京：对外经贸大学出版社,2003.

[31] 李金龙.集装箱物流实务[M].北京：清华大学出版社,2010.